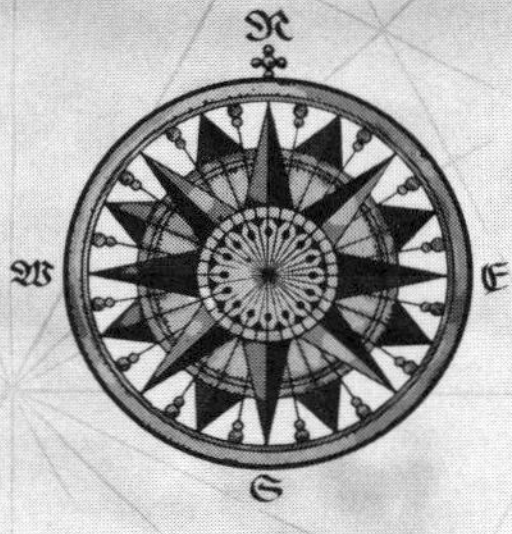

国選パーティを抜けた俺は、やがて辺境で勇者となる

～“悪たれ”やり直し英雄譚～

石薙光介

ill. 輝竜司

イラスト
輝竜司

デザイン
coil

CONTENTS

本書は、二〇二四年にカクヨムで実施された第9回カクヨムWeb小説コンテスト異世界ファンタジー部門で大賞を受賞した「親友が国選パーティから追放されたので、ついでに俺も抜けることにした。」を改題のうえ、加筆修正したものです。

プロローグ

「お前を今日限りでこのパーティから追放する！」

そんな言葉がリーダーであるアルバートの口から放たれたのは、大きな依頼《ヤマ》が終わったある日の夜、打ち上げの席のことであった。

その矛先は俺——ではなく、隣に座る親友のロロである。

「えっと……」

突然の事態に困った様子で目を泳がせるロロ。

そんな親友の隣で、俺はアルバートを軽く睨《にら》みつけた。

「どういうつもりだ？」

「どうもこうもない。今回の成果で僕達は晴れて国選パーティとなることが決まった。だというのに、実力の伴わないヤツをこれ以上パーティにおいておけるものか！」

酒に酔っているのだろうか？

やや興奮した様子で、アルバートががなる。

「ロロの残留については、ずいぶん前に決着がついたはずだぞ？　アルバート」

「いいや、ついてないね。今日、ここで、改めて追放を宣言させてもらうぞ——ロロ・メルシア！」

アルバートの声が、酒場に響く。

おかげで周囲の視線が、俺達に集まってしまった。

「アルバートさん、ユルグの言う通りよ？　ロロさんとはこれまで通り一緒にやっていくってみんなで決めたでしょう？」

パーティの紅一点であるフィミアがやんわりとした様子で窘《たしな》めるが、それでもアルバートは退《ひ》かなかった。

「僕の率いる『シルハスタ』に無能はいらない」

「ロロが無能だと？　お前、本気で言ってるのか？」

「もちろんだ。今までだってずっとお荷物だったじゃないか」

前から少しばかり考えの足りないヤツだと思っていたが、まさかここまでだとは思わなかった。

こいつがいったい何を考えているのか？

俺にはさっぱり理解できない。

「いいか、ユルグ？　それにみんなも。これはリーダーの僕による決定事項だ。口を挟ませないぞ。国選パーティになったんだ、僕らは。こういうところはキッチリとシメていかないといけない」

「……わかった」

有無を言わせぬといった様子のアルバートに、俺は小さくため息を吐《つ》きながら頷《うなず》く。

そこまで意志が固いというなら、これ以上何を言っても無駄だろうと思った。

このやりとり自体、もう何度目かになる。

これ以上は、まさに不毛というものだろう。

「そういうことだ、ロロ。お前は今日中に荷物をまとめて、明日の朝には出ていってくれ」

「……うん、わかったよ」

そう頷いて、ロロが席を立つ。

「みんな、これまでありがとう。もう一緒に冒険することはないけど、みんなの無事を祈ってるよ」

落ち込んだ様子の親友は、それだけ言って早足に酒場を出ていってしまった。

これだけの人間の前での追放劇。明日には町中で噂《うわさ》になってるだろう。

「ロロさん、大丈夫でしょうか……」

「フィミア。あいつのことは忘れて、今後のことについてしっかりと話し合おう。実は追加のメンバーについては、もう打診をしてるんだ」

どこか嬉々《きき》とした様子で話し始めるアルバートに軽く手を振ってみせて、俺は席を立つ。

これ以上、このバカの顔を見ていたくなかった。

「しらけちまった。俺は抜けるぜ」

「おいおい、切り替えろよユルグ。いくらお前とあの役立たずが親友だからってさ」

「わかっててその言葉が出てくるあたり、お前って大物だよな」

俺の皮肉を理解しているのかいないのか、曖昧《あいまい》な顔でニヤつくアルバートの前に酒代の金貨を一枚放り投げて、俺は先ほどロロが消えた酒場の出口へ足を向けた。

――翌朝。

すっかり荷物をまとめたロロを町の南門で見つけた俺は、駆け寄って声をかける。

「よぉ、ロロ。そろそろ行くのか？」

「うん。一度マルハスに戻るよ。それから、どうするか考えるつもり」

「なるほどな。それじゃあ、行くか」

俺は背負い袋を担ぎ上げて、ニッと笑ってみせる。

そんな俺に、ロロが小さく首を傾《かし》げた。

「え？」

「なんだ、行かないのか？」

「そうじゃなくて。なんでユルグも旅装束なの？」

「そりゃ、お前と一緒に行くからだろ？」

「待って？　パーティは……『シルハスタ』はどうするつもりなのさ？」

「もう昨日の晩にギルドで脱退処理してきた。あんな胸糞悪《むなくそわる》いヤツに背中預けてられるかよ」

俺の言葉に、ロロがあんぐりと口を開ける。

何もそこまで驚かなくたっていいだろう。

意外と信用ないんだな、俺って……。

「ダメだよ！　ユルグは国選パーティ『シルハスタ』の〝字持ち《ネームド》〟なんだよ？」

「関係ねぇよ。そんなもんが欲しくて冒険者になったわけじゃねぇしな」

周りからは御大層に〝崩天撃〟なんて呼ばれちゃいるが、別に俺が名乗ったわけじゃないし、いつの間にかギルド公認になってしまっただけの二つ名だ。

いまさら惜しいとも思わないし、後生大事にするものでもない。

そもそも俺はこの幼馴染《おさななじみ》──ロロ・メルシアにただついてきただけの悪ガキに過ぎないのだ。

ほんの数年前、俺は故郷である田舎《いなか》町のマルハスで悪さばかりをする悪童だった。

田舎の閉塞感《へいそくかん》にイラついて少しばかり荒れていた俺を、ロロが放逐寸前のところで連れ出してくれたのが、冒険者になったきっかけだ。

──「一人じゃ不安なんだけどさ、一緒に行かない？」

そんな言葉が、俺にとってどれほど救いだったか。

ロロのおかげで、俺は村から追放される前に自分の生き方について決めることができたし、これまでのことを省みるきっかけができた。

初めての都会──アドバンテについてからも、田舎者で不束《ふつつか》者な俺はいろいろと失敗をやらかしては、ロロにフォローされた。

こいつがいてくれたから、俺はこれまでやってこられたのだ。

いつしかロロの夢が俺の夢だと言えるほどに、この親友の存在は大きくなっていた。

……だからこそ、今回の追放劇は納得できないし、許せない。

恩人で親友なロロが追放されるとあらば、俺がパーティを抜けるのに十分な理由となる。

「もう。言い出したら聞かないもんね、ユルグは」

「なんだ、わかってんじゃねぇか」

小さくため息を吐いて苦笑するロロに、俺は笑ってみせる。

なんだかんだ言って、こいつは俺に甘いのだ。

「じゃ、よろしくね。ユルグ」

「おう」

ロロと二人、朝焼けの中を歩く。

奇《く》しくもそれは、故郷を出た時と同じ光景だった。

第Ⅰ章　〝悪たれ〟の帰郷

1．故郷の土

冒険都市アドバンテから馬車で二週間。

乗合馬車の最終停留地となる酪農都市ヒルテから徒歩でさらに二日。

それだけの時間をかけて、ようやく俺達は故郷であるマルハスに到着していた。

王国領土の端も端にあるこの小さな寒村はまさに辺境と呼ぶに相応《ふさわ》しいが、それでも生活が成り立っているのには、ちょっとしたワケがある。

『王国の端』というのは、何も国境線があるという話ではない。

この村から東には、広大な未踏破地域が広がっているのだ。

そこから産出される珍しい動植物――特に薬草は、都市部ではいい値段で取引される。

そして、それを買い付けに来る行商人から様々な生活用品を購入することで、マルハスは暮らしを成り立たせているのだ。

「ようやく帰ってきたな」

「うん。懐かしいね」

村の名が彫られた木製のアーチをくぐると、複数の視線が俺達にすぐ向けられた。

こういう不躾《ぶしつけ》な感じ……本当に久しぶりだ。

都会では無関心でいることがマナーなところもあったので、逆に新鮮かもしれない。

「ん、ん？　お前、〝悪たれ〟のユルグじゃないか。それに、ロロ？　帰ってきたのか⁉」

俺達をじろじろと見ていた初老の男性が、駆け寄ってくる。

小さな村だ、当然ながら顔見知りである。

「よぉ、タントのおっさん。ちょっと髪が薄くなったか？」

「そりゃ、年を取ればそうもなる。なんだ、都会の生活に嫌気がさしたか？」

「ま、そんなとこだ」

事情が事情だけに、道端で口にする話題でもない。

軽く流して、俺はロロの背を軽く叩《たた》く。

「ほら、ロロ。さっさと行ってこい。きっと待ってる」

「……うん」

俺が手渡した背負い袋――中身は土産《みやげ》だ――を担ぎ上げて、ロロが村の広場を真っすぐに突っ切っていく。

その背中を見送って、無事到着できたことに小さく安堵《あんど》した。

俺と違って、ロロには待っている家族がいる。

今回のことは、ある意味いい機会だったかもしれない。

故郷を出た冒険者が、無事に家に帰ってくる可能性というのはあまり高くないしな。

「なんだ？　ちょっと雰囲気変わったか？　〝悪たれ〟」

「俺もいろいろとあったんだよ。その……村を出る前はいろいろ悪かったな」

俺の言葉に、タントのおっさんが目を丸くする。

なにせ、取っ組み合いのケンカ（原因は俺）をしたこともある相手だ。

警戒もすれば驚きもするだろう。

「ま、無事に帰ってきてくれてよかったよ。しばらく村にいるのか？」

「わかんねぇ。ロロ次第だ」

「なんだ？　おめぇ、ずいぶんロロ坊に懐いてるじゃないか」

タントのおっさんの言葉に、俺は軽く苦笑する。

そうか、そんな風に見えるのか。

「俺にとっちゃ家族同然なんだ、当たり前だろ」

「丸くなりやがって。そんで、お前はどこで寝泊まりすんだ？」

マルハスは、ただの田舎町だ。

宿などという上等な施設はない。

訪れた行商人たちは少しばかり広い村長の家に寝泊まりすることになっていて、そうでない旅人は村人の誰かが空いている部屋を貸す……ということになっている。

しかし、俺というのは少しばかり事情が違う。

旅人でもなければ、行商人でもない。

加えて、村を出る前の俺は相当にいろんな悪事を働く鼻つまみ者だったので、村民感情はよろしくないはずだ。

今、マルハス《ここ》に俺がいるってだけで不安になるヤツもいるだろう。

故に、俺は村の外を指さして口を開く。

「少し離れたところで野営させてもらうわ。ロロを見かけたら、そう伝言を頼んでいいか？」

「……わかった。飯は？　食いもんはあるのか？」

「しばらくはもつだけ持ってきてる。大丈夫、安心してくれ。みんなに迷惑かける気はねぇ」

それだけ伝えて、俺は踵《きびす》を返す。

タントのおっさんに伝えた通り、ここから先はロロ次第になる。

長逗留《ながとうりゅう》するなら、俺は酪農都市《ヒルテ》まで引き返して宿をとるし……もし、このままロロがマルハスに根を下ろすと言うなら、自分の身の振り方を新たに考えればいい。

とりあえず、親友を無事に故郷に帰すという俺の役割は達せられた。

「さて、どこらにするかな」

村のアーチまで引き返した俺は、軽く見渡して程よい野営地候補を探す。

野営地を設営するための便利な魔法道具《アーティファクト》も持ってきてるし、それである程度の安全性も確保できる。

あとは、程々に村に近くて……程々に目につかないところがいいんだが。

「……よし、あそこにするか」

ポツンと大きめの木がある街道沿いの一角を野営地と定めて、俺はのんびりと歩き始める。

いつの間にか空は茜色《あかねいろ》に染まり、未踏破地域の森はすっかりと闇に溶け込んでいた。

◆

「ちょっと、ユルグ！」

夕食代わりのスープを焚火《たきび》で煮込んでいると、ロロがそんな風に怒鳴り込んできた。

普段、物静かなロロにしては少し珍しい。

「どうした、ロロ？」

「どうしたじゃないよ！　せっかく故郷に帰ってきたっていうのに、どうしてこんなところで野営してるのさ？」

「そりゃ、俺がいると……みんなが落ち着かないだろ？」

俺の言葉に、ロロがうっと詰まった顔をする。

村人の俺に対する評価は、山賊や魔物《モンスター》のそれとそう変わらない。

あと少しばかり悪さを続けていれば、おそらく俺は簀《す》巻《ま》きにされて未踏破地域に投げ込まれていただろう。

ロロにしたって、昔は散々俺に迷惑をかけられたのだからわかるはずだ。

「でもさ、今は違うじゃないか」

「だからって、やらかした過去は清算できねぇよ。まあ、俺のことは気にするんじゃねぇよ。……それより、おばさん達はどうだった？」

話題を変えるべく口にした俺の質問に、ロロが少し笑って頷《うなず》く。

「喜んでたよ。ユルグのお土産にもお礼が言いたいって」

「親切を返しただけだから気にすんなって伝えておいてくれ」

ロロのおふくろさんは、孤児の俺によく飯を作ってくれた人だ。

自分の息子――ロロが殴られたって日でも、説教しながら俺にパンとスープを出してくれるような人で、言うなれば俺にとっても母親のような存在だった。

向こうにしてみれば、迷惑な話だろうけど。

「ビッツもアルコも、すごく喜んでた」

「そりゃよかった」

「だからさ、うちにおいでよ。ユルグが寝るところくらい、何とかするからさ」

ロロの嬉《うれ》しい提案に、俺は首を横に振って応える。

ありがたい話ではあるが、これはケジメだ。

俺はマルハスを追放される代わりに、ロロについて行ったのだ。

ロロの手前、村の中に入りはしたが……本来、俺はあの『マルハス』と彫られたアーチをくぐる資格を持たない。

「キミったら、どうしてそんなに頑固なのさ」

「生まれつきだ」

「嘘つき。いつもはもっと素直だよ」

そう言いながら、俺の前に腰を下ろすロロ。

「ん？」

「ユルグがここで野営するなら、ボクも付き合うよ」

「何言ってんだ。早く家に帰ってやれ。おばさんも弟たちもお前を待ってんだろうが？」

「キミのこともね」

ええい、これじゃどっちが頑固者なのかわかったもんじゃないぞ。

こうなると手強《てごわ》いんだよな、ロロは。

さりとて、ここで退《ひ》くわけにはいかない。

「ロロ、わかってんだろ？　俺は歓迎されてない。されるべきじゃない」

「そうやって拗《す》ねてないで、うちにおいでよ。誰も気にしないよ、昔のことなんか」

「拗ねてなんてねぇよ。ちっとばかり、分別がつくようになっただけだ」

実際、村の雰囲気は俺を警戒する視線でいっぱいだったじゃないか。

俺がいるだけで不安を覚えるヤツがいる。そういうことを、俺はしてきたのだから。

「村の外が危ないのはわかってるでしょ？」

「そのための【結界杭《くい》】だ。それにここならお前や村になんかあってもすぐに駆け付けられるし、必要以上に村の連中をビビらせることもねぇ」

「歩み寄らなきゃ、誤解も解けないよ」

「誤解じゃないだろ、俺のはよ」

俺の言葉に、ロロが困ったように笑ってため息を吐く――が、その目がすっと鋭くなった。

「……！　ユルグ」

「ああ、わかってる。なんだ、俺がこんなとこで野宿してたから呼び寄せちまったか？」

「そうじゃないよ。ここのところ、毎晩らしいんだ。それでキミに知らせに来た」

「やれやれ、これだから田舎《いなか》ってのは」

木に立てかけてあった得物――大型の戦棍《メイス》を手に取って立ち上がり、気配のある方向を見据える。

「殺《や》ってくる。ロロはどうする？」

「もちろん、行くよ。冒険者をやめたつもりはないからね」

腰に下げた小剣《ショートソード》を叩いて目配せするロロに頷きを返して、俺は注意深く闇夜へ向かって足を進めた。

森を行くことしばし。ある地点で立ち止まった俺達は、身を低くして隠れつつ、そいつを視界に収めた。

「なんだって、こんな村のそばにいやがんだ……」

背に虎魚《オコゼ》のようなトゲを持った爬虫類《はちゅうるい》のような生き物が、屈《かが》むような姿勢で二足歩行している。

ぎょろぎょろと動く目に、鋭くとがった爪。そして、時折上げる「メェ」という鳴き声。

特徴を確認して、俺は物音を立てないように注意しつつ、そっと茂みに身を潜める。

「間違いないな」

「うん。吸血山羊《ヴァンパイアゴート》だね」

『吸血山羊《ヴァンパイアゴート》』。

家畜を襲って血をすする魔物《モンスター》だが、腹が減れば人も襲う厄介なヤツだ。

しかも、そこそこに手強い。

「未踏破地域から出てきたのかも」

「あり得る……が、俺らが子供の頃はいなかったろ？　こんなヤツ」

「本当に最近の話みたい。どうする？」

「当然、殺る」

吸血山羊《ヴァンパイアゴート》が出れば、普通は冒険者ギルドに討伐依頼が出される。

一般人が対処できるような相手ではないからだ。

対処が遅れれば、捕食対象は家畜から人間へと変わり、被害が大きくなる。

俺とロロがいるので、今回はそうはさせないが。

「〈暗視《ナイトビジョン》〉と〈武器強化《エンチャント・ウエポン》〉を付与したよ」

「助かる。じゃ、いつも通りいくか……」

「うん」

俺が前衛、ロロが中衛。

後衛がいないので、ロロはいつもより動きやすいはずだ。

「出るッ」

短く言葉を発して、地面を蹴《け》る。

『吸血山羊《ヴァンパイアゴート》』までの距離は、大股《おおまた》で十歩ほどの目算。

つまり、接敵まで……すぐだ。

「メエエエエッ！」

驚きか、それとも餌が飛び込んできたことへの歓喜か。

俺の姿を捉《とら》えた吸血山羊《ヴァンパイアゴート》が叫びを上げて、鋭くとがった舌のような器官を突き出してくる。

いきなり吸血行動とは舐《な》め切ってやがるな。

「だらぁッ！」

迫る吸血舌をギリギリのところで避《よ》け、気合と共に戦棍《メイス》を頭部めがけて振り下ろす。

「メッ……――エ⁉」

俺の一撃を跳び退《すさ》って避けようとした吸血山羊《ヴァンパイアゴート》であったが、あいにくとロロの魔法がすでにヤツを捉えていた。

緩慢な回避行動では間に合わず、俺が振り下ろした鋼鉄の塊が吸血山羊《ヴァンパイアゴート》の頭部に触れて……骨を砕きながら頸《くび》を体へ押し込む。

頭部がくしゃり、とコンパクトになった吸血山羊《ヴァンパイアゴート》は、そのままずるりと地面に倒れて動かなくなった。

「一撃必殺。さすが〝崩天撃〟だね」

「茶化すなよ。お前のアシストがあるからこういう雑な戦い方ができる」

吸血山羊《ヴァンパイアゴート》の動きを鈍らせた魔法――〈鈍遅《スロウ》〉の魔法は、ロロの得意魔法だ。

低級で効果の短い魔法だが、曰《いわ》く「指の一振りで使える」らしい。

そんな芸当ができるヤツなんて、ロロの他には見たことがない。

『シルハスタ』にいた時も、これを戦況に合わせてふるっていたのだ。

どのくらいロロがパーティに貢献していたか、それだけでわかる。

俺のような力任せの雑な戦い方をする者にとって、すなわちそれは殲滅《せんめつ》力の底上げに他ならない。

加えて、〈暗視《ナイトビジョン》〉と〈武器強化《エンチャント・ウエポン》〉だ。

夜間戦闘の不利をなくし、俺の一撃をさらに高める強化魔法。

アルバートのヤツはロロのことを『器用貧乏』なんて揶揄《やゆ》していたが、戦況に応じて様々な魔法を的確に使うさまは、もはや器用富豪ではなかろうか。

そんな言葉はないだろうけど。

「よし、討伐完了。ま、依頼じゃないから冒険者信用度《スコア》には反映されないがな」

「酪農都市《ヒルテ》まで行けば冒険者ギルドがあるし、討伐証明だけ確保しておく？」

「そうすっか」

吸血山羊《ヴァンパイアゴート》の頸部《けいぶ》にある一番長い針をナイフで削《そ》ぎ取って、死体には油をまいて火を放っておく。

死体を放置すれば、血の匂いで別の魔物《モンスター》を呼び寄せかねないし……魔物《モンスター》の焦げた匂いというのは、他の魔物《モンスター》を少なからず遠ざける。

これで、マルハスのそばには魔物《モンスター》を焼くような存在がいると、警告できるってわけだ。

「これで村の連中もちったぁ安心できるか？」

「きっと大喜びだよ！」

「よし、それじゃあ……これ持って村に帰れ」

吸血山羊《ヴァンパイアゴート》の討伐証明である棘《とげ》をロロに差し出して、俺は村の灯《あか》りがある方向に目配せする。

「ユルグは？」

「飯だ。スープが煮立っちまう」

小さくため息を吐いたロロが、差し出したままの俺の手を押し止《とど》めて首を振る。

「一緒に行こう、ユルグ」

「スープが……」

「じゃあ、それも一緒に。ウチの夕飯が豪華になるね」

にこりと笑ったロロが、少し怖い。

これは、ちょっと怒ってる時の顔だ。

「なぁ、ロロ……」

「ダメだよ。昔からそういうところ不器用なんだから。みんなはキミの悪いところばっかりに目がいってたけど、ボクはキミのいいところをたくさん知ってる」

ロロの言葉に、少し目を逸《そ》らす。

こんな風に真っすぐに俺を評価してくれるヤツは、あまりいない。

本当に、俺にはもったいない親友だ。

「キミは今日、村を――マルハスを守ったんだよ、ユルグ」

「ああ、俺でも役に立てた」

「そうじゃないよ。キミがキミの意思で、キミの力で守ったんだ。だから、一緒に行こう。〝悪たれ〟ユルグが、今や〝崩天撃〟ユルグなんだって、胸を張ろう」

説教されてるのか、励まされてるのか。

いや、たぶんどっちもか。

やれやれ、本当にロロには、世話になりっぱなしだ。

恩返しのつもりで『シルハスタ』を抜けてここまで送ってきたってのに、結局またこいつにわからせられてる。

頭が上がらないとは、まさにこのこと。

……これは観念するほかあるまい。

「わーったよ」

「うん。よかった。これでまだゴネるようなら〈眠りの霧《スリープミスト》〉をかけて引っ張っていくところだったよ」

「……勘弁してくれ」

冗談かどうかわからないロロの言葉を聞きながら、俺は苦笑して空を見上げる。

星が瞬く空の様子は、冒険都市《アドバンテ》とあまり変わらなかった。
……そういえば、『シルハスタ』の連中はうまくやってるんだろうか？

閑話　シルハスタの落日

「フィミアが？　本当なのか？」

突然にもたらされた報告に、僕は動揺してしまう。

「はい。昨晩、『活動の方向性の違い』を理由に、『シルハスタ』の脱退申請を行ったようで、先ほど状況確認の使者がギルドからいらっしゃいました。差し止めをお願いしましたが、このままですと申請が通ってしまうでしょう」

「フィミアはどこに？」

「町を出たようです。今、行方《ゆくえ》を確認しております」

事務的な受け答えをするサランに小さな苛《いら》つきを覚えつつ、僕は頭を抱える。

どうしてこのような厄介なことになったのか。

ここまで、順調に……思い通りに来ていたはずなのに。

「〝崩天撃〟ユルグに続いて、〝聖女〟フィミアも脱退となりますと、『シルハスタ』の国選パーティ資格は消失するかもしれませんね」

「そんなバカな！」

「すでに活動に支障が生じておりますし、このままですと実績の維持も難しいでしょう」

「他人事《ひとごと》のように言うなよ、サラン」

僕の言葉に、サランが眼鏡《めがね》を押し上げてため息を吐《つ》く。

「ご忠告は申し上げたはずですよ、アルバート。余計なことはしないように、と」

「それは……！　だが、あいつは――ロロ・メルシアはフィミアに色目を使ったんだぞ？」

「恋愛については自由でいいのでは？」

小首を傾《かし》げるサランに、盛大にため息を浴びせてやる。

この男は、賢そうなふりをして何もわかっていない。

フィミアは、僕のことを愛しているはずなのだ。

そこに割り込んできたのが、あのロロ・メルシアという田舎者《いなかもの》だ。

フィミアの優しさにつけ込んで近づき、僕との仲を引き裂こうとした。

だから、パーティから追放して遠ざけたというのに、どうしてこのようなことになったのか。

「とにかく、人を使ってフィミアの行方を捜してくれ」

「承知いたしました」

「あと、追加人員の募集もだ」

「わかりました。ですが、〝崩天撃〟と同じレベルというわけにはいきませんよ？」

「わかっている！」

サランを手で追い払い、僕は閉まったドアを見つめてため息を吐く。

ここのところ、ため息を吐いてばかりだ。

想定外の……しかもよくないことが立て続けに起きすぎている。

ようやく、ここまで来たというのに。

「くそっ……」

ロロ・メルシアの追放に原因があったというなら、どうすればよかったのだ。

あのなよなよとして、ぱっとしない男が何だというのか。

『程々にいろいろできる便利な人材』は僕の目指す国選パーティ『シルハスタ』には必要ない。

戦闘力は低く、魔法だってそこまでではない、雑用の手際だけがいい男を国選パーティに置いておく意味なんて、どこにもないじゃないか。

ユルグもユルグだ。

同郷？　そんなくだらない私情を持ち出して勝手にパーティを抜けるなんて、あり得ない。

プロの冒険者なんだ。命と名誉が懸かっている。

お互いの命を預ける相手は、やはり有能なヤツがいいはずだ。

しかし、〝崩天撃〟という看板を失うのは少し痛いな。

あれのどこがいいのかは知らないが、そこそこ人気があったのは確かだ。

『シルハスタ』の今後に影響するのは間違いない。

「はぁ、考えていても仕方ない」

そう独り言を言って、僕は椅子の背にもたれかかる。

優先順位をつけて解決していかなくては。

サランに任せっきりというのも落ち着かないし、町に出てフィミアを見た人がいないか聞き込み

してみよう。

ユルグについては、居場所を押さえたら再加入の打診をすればいい。

あいつは故郷で犯罪じみたことをやらかして帰る場所がないと聞いたことがある。

つまり、仕事の多いこの町でふらふらと冒険者を続けている可能性が高い。

僕やサランに会うのが気まずくて、別の街に行ったかもしれないが……それでも、捕捉《ほそく》は容易《たやす》いはずだ。

なので、最初に手を付けるべきはフィミアだ。

彼女の脱退が誤りであったことを周知し、『シルハスタ』が健在であることを示さなくては。

意見の行き違いについては、膝《ひざ》を突き合わせて話し合えばわかってくれる。

ベッドの中なら、彼女だって自分の勘違いに気が付くはずだ。

僕の腕の中で眠るフィミアはきっと美しい。

いっぱいかわいがってあげなくっちゃ……！

そんなことを考えていると、扉がノックもなく開かれた。

「アルバート」

「ど、どうしたんだい、サラン？」

「フィミアさんの向かった先がわかりました」

さすが、有能じゃないか。

参謀役はこうでなくては。

「乗合馬車の係員に『マルハス』への行き方を聞いていたそうです」

「……またあの男か、ロロ・メルシア！」

マルハスはロロ・メルシアの故郷だ。

おそらく、旅立つ前にフィミアを誑《たぶら》かすようなことを言ったに違いない。

フィミアは純粋だから、真に受けてしまったんだろう。

あるいは、ロロ・メルシアを連れ戻しに行ったのかもしれない。

確かに、彼女が誠心誠意に僕に頼むなら、ロロ・メルシアの追放を撤回してもいいとは思っている。

『シルハスタ』に不要だという考えは変わらないが、フィミアがどうしてもと言うなら雑用係として置いておくのだって許そう。

もちろん、フィミアには一切関わらせないつもりだけど。

「よし、すぐに追いかけよう」

「私も行くのですか？」

「当たり前だろう！」

少し間があってから、サランが会釈する。

「承知いたしました。それでは、ご準備を」

「ああ！」

「……」

去り際にため息を吐かれたような気もするが、もともと小言の多いヤツだ。気にしても仕方がない。

それよりも、フィミアだ。

すぐに追いついて、お互いのことと今後のことを話し合わないと。

ロロ・メルシアのせいで、誤解されたままだなんてとてもじゃないけど我慢できない。

彼女だって、僕と仲直りをしたいはずだ。

お互いに好き合っているのに、こんなつまらないことで離れ離れなんて、良くないことだからね。

「よし！」

旅装束に着替えた僕は、扉を勢いよく開ける。

急がないと、日が暮れてしまう。すぐにでも出発しないと。

2. ロロ・メルシアなる冒険者

「あらまあ！　おかえり、ユルグ。なんだか、男らしい顔つきになったかい？」

「勘弁してくれよ、おばさん」

俺の顔を見るなりニカッと笑うロロの母に、俺は苦笑して頭をかく。

文字通りに頭の上がらない相手で、もう会うこともないと思っていた相手だ。

些《いささ》かバツが悪い。

「ほら、入って入って。あと、そのいい匂いがするスープはこっちにね」

「俺が適当に拵《こしら》えたもんだ、口に合うかわかんないぜ？」

「あたしはあの悪たれが自分で料理を拵《こさ》えてるってだけで驚きだけどね！」

軽く笑い飛ばされて、俺は肩を落とす。

年を食ってみればわかる。ロロの母は、偉大な人だった。

少なくとも、俺なら俺のようなヤツを歓迎なんてしない。

「あ、そうそう。魔物《モンスター》はもう狩っておいたから安心してね」

ロロの言葉に、おばさんが目を丸くする。

「狩ったって、ロロ。危ない魔物《モンスター》だったんだろ？」

「〝崩天撃〟の一撃に耐えられるワケないよ」

「なんだい？　そりゃ？」

「ユルグの二つ名。都会じゃ有名人なんだよ？」

「おい、ロロ。あんまりフかすのはよせ」

嬉々《きき》として語るロロに、それを笑顔で聞くおばさん。

ここは、昔と変わらない。

変わらないからこそ、あまり俺がいるのが好ましくないと思うわけだが。

「明日、ユルグと一緒に酪農都市《ヒルテ》まで行って報告してくるよ」

「立派に冒険者やってんだねぇ……」

「えっと……まぁ、ね」

乾いた笑いを見せるロロ。

所属パーティをクビになったとは言い出せない空気に、軽く助け舟を出す。

「まあ、しばらくはここにいるからよ。他に困ったことや変わったことがあれば、俺らに言ってくれ。田舎者よりは鼻が利く」

「アンタも田舎もんだろ！　悪たれ坊主、口の悪さは変わんないね！」

お玉を手に眉《まゆ》を吊《つ》り上《あ》げるおばさんに、軽く苦笑を返す。

手に負えない『悪たれ坊主』をこうして叱ってくれるのは、この人くらいのものだ。

「それにしたって、やっぱおかしいよな」

「うん。どうして森から魔物《モンスター》が出るようになったんだろう？」

「しかも、ちゃんと魔物《モンスター》だ」

未踏破地域には、まだまだ謎が多い。

だが、国のお偉い学者の話によると、あれは一種の迷宮《ダンジョン》であるらしい。

自然と融合した、迷宮《ダンジョン》だ。

ちょっとした動物や、それに近い魔物《モンスター》が外縁に姿を現すことはあるが、さっき仕留めた『吸血山羊《ヴァンパイアゴート》』は討伐指定がされるようなヤツで、未踏破地域の外に出てきていい類いの魔物《モンスター》ではない。

「わからない。それも含めて酪農都市《ヒルテ》で確認した方がいいかも」

「溢れ出し《オーバーフロウ》じゃねぇよな？」

「んだな」

ロロと二人、頷《うなず》き合う。

ただのイレギュラーならば、問題ない。

問題ないわけではないが、大事《おおごと》ではないと言うべきか。

しかし、『吸血山羊《ヴァンパイアゴート》』のような魔物《モンスター》が、頻繁に未踏破地域から生活圏に姿を現しているとなれば、話は変わってくる。

それは未踏破地域で何か異変が起こっているか、あるいは『大暴走《スタンピード》』の兆候という可能性だってある。

もし、そんなことになればこの村《マルハス》は壊滅、おそらく酪農都市《ヒルテ》も大変なことになるだろう。

あまり、楽観視できる状態でないのは確かだ。

「玄関で突っ立ったままで何考え込んでるんだい？　そろそろ椅子に座りなさいな」

「いろいろとあるんだよ、俺らにも」

「食事の後でいいじゃないか。ほらほら、ロロも」

そう促されてダイニングへと足を踏み入れると、テーブルにはすでにロロの弟妹が揃《そろ》っていた。

「あ、ユルグだ！」

「おみやげ、ありがとう！」

ロロの弟のビッツと、妹のアルコが俺を笑顔で出迎える。

昔から物怖《ものお》じしない二人だったが、こうして顔を合わせると少しほっとした。

「おう。二人ともでかくなったな？」

「ぼく、もう十二歳だよ？　森にだって入ってるんだから」

「アルコも、ママのお手伝いしてるよ！」

父のいないメルシア家は、全員で支え合って生活している。

田舎特有の助け合いがあるとはいえ、俺の知るメルシア家《ここ》は少しばかり貧しかった。

ロロが、冒険者になって出稼ぎを決意するくらいには。

「立派になったな」

「ボクも驚いちゃった。でも、ビッツ……森に入るのはしばらくよした方がいいよ」

ビッツが小さく首を傾《かし》げる。

冒険者であれば、現在の状況がいかにリスキーか理解できる。

しかし、生活が懸かっているのだ、ビッツにしてもすぐに納得はできまい。

「なんで？　そろそろモルボリン草の花が咲く時期なんだけど」

「魔物《モンスター》が増えてるかもしれないからね」

「あ、そういえば村の人がそんなこと言ってたかも」

この危機感のなさである。

しかし、その感覚は俺にもわからないでもない。

この村は隣接する未踏破地域の森に収入を依存している。

そこに入れないとなると、メルシア家のみならず、多くの者の生活に影響が出てしまうだろう。

「なに、ずっとってわけじゃないさ。だが、少なくとも俺達が酪農都市《ヒルテ》から帰ってくるまでは我慢してくれ」

「えぇー……取りつくされちゃうよー」

「お前の兄貴は金持ってんだ。今年の冬は越えられる」

ロロの懐の話をしたが、俺とてただ飯を食うつもりはない。

これでも国選パーティに届く程度には冒険者をしてきた身だ。

それなりの貯《たくわ》えはある。

「ほらほら、ややこしい話は後にしなさいな。ごはんにしよう！」

俺が持ってきた鍋《なべ》をテーブルの上に置いて、おばさんが豪快に笑う。

次々と並べられる郷土料理に、少しばかり胸が温かくなるのを感じた。

マルハスの辺境料理は、冒険都市《アドバンテ》では食べられないものばかりだからな。

「そうだ、おばさん。酪農都市《ヒルテ》で買ってきてほしいもんとかあるか？　ついでに買ってくるけど」

鶏肉のトマト煮込みに舌鼓を打ちながら尋ねる俺に、おばさんが驚いたように目を丸くする。

何か驚くようなことでも言ったか？　俺は。

「庭木の水やりすら渋った悪たれ坊主がお使いまでこなすなんて、都会でなんか悪いもんでも食べたんじゃないかい？」

「悪いもんは食ってねぇが、年は食った。俺だっていつまでもガキじゃねぇよ」

「かわいげがないことを言うようになったねぇ。ああ、でもチーズを買ってきてもらおうかしら、小さいのでいいから」

そう口にしたおばさんが、どこか得意げな顔でにこりと笑う。

「あんたの好物を作ってやりたいからね」

◆

「マルハスで出た『吸血山羊《ヴァンパイアゴート》』を狩った。依頼は出ているか？」

村で馬を借りて一日。

俺達は酪農都市ヒルテの冒険者ギルドへと訪れていた。

この都市は周辺の村落から麦を始めとする作物、そして放牧で得られる牛乳や食肉が集まる交易都市でもあり、『王国の東の台所』とも言われる場所だ。

マルハスから出荷された未踏破地域産のあれこれも、ここへと集められる。

そういった背景からか、ヒルテには冒険者ギルドの支部が設置されている。

買い付けに来た隊商や行商人の護衛依頼、周辺村落からの様々な依頼などを受けるために冒険者も集まってくるからだ。

「ええと、出ていますね。最近、被害が多いらしく討伐対象になっております」

「討伐証明の背ビレだ」

「この大きさは……成獣ですね。マルハスのどこで？」

手に取った『吸血山羊《ヴァンパイアゴート》』の背ビレをまじまじと見て、受付嬢が鋭い視線を寄越す。

どうやら話のわかる受付嬢らしい。

「村落のすぐそば、街道沿いにある未踏破地域の外縁部だ。数日前から家畜被害が出ていた」

「……依頼はされていたんでしょうか？」

「いや、していないはずだ。のんきなもんでな」

俺の言葉に、受付嬢が小さくため息を吐き出す。

周辺の安全保障にも気を遣うべき冒険者ギルドとて、情報がなければ動きようがない。

いろいろと苦労していそうだな。

「冒険者証を。お二人はパーティですか？」

受付嬢の言葉に、思わずロロと顔を見合わせた。

『シルハスタ』を抜けてから特に処理していないので、俺達二人はそれぞれがソロの冒険者という扱いになっている。

しかし、しばらくマルハスを拠点に活動するのならば、一時的にパーティを組んでおいた方がいいかもしれない。

ギルド側もその方が、処理が容易だろう。

「どうする、ロロ？」

「うーん、パーティってことにしちゃう？　冒険者信用度《スコア》の管理が面倒だろうし」

「そうすっか」

二人で頷き合い、受付嬢に向き直る。

俺達がやり取りする間、じっと黙って待っていてくれるあたり、なかなか融通がきく。

「仕留めた時はそれぞれ個人だったんだが、二人で殺《や》ったんだ。パーティ申請すれば適用されるか？」

「パーティの申請ですね？　すぐにできますよ。冒険者証をお預かりさせていただきます」

ロロと二人、首にかけていた冒険者証をカウンターに置く。

代わりとばかりに差し出された申請用紙を前に、俺は少し唸《うな》ってしまった。

「おい、ロロ。お前がリーダーだ」

「何言ってんの、ユルグでしょ。ボクはガラじゃないよ」

「俺もガラじゃねぇって。頭悪いんだからよ……」

「あの……」

羽根ペンを押し付け合っていると、受付嬢が妙に悪い顔色で俺達に声をかけてきた。

「〝崩天撃〟ユルグさん、です？」

「そうだ」

息を吸い込んだまま固まる受付嬢。

なんだか様子がおかしい。

「有名人だからね、ユルグは」

「俺はお前に二つ名がつかないことの方が不思議だけどな？」

「そうかな？」

「フィミアだって言ってたぞ。お前の魔法センスは異常だって」

神聖魔法と真言魔法、扱う魔法体系の違いはあれど、やはり魔法を使う者であればロロのすごさは理解できるらしい。

俺とて、魔法は使えなくとも、こいつの魔法の使い方がおかしいことくらい気付いている。

「低級魔法なら無詠唱で連射、中級魔法も詠唱短縮破棄、魔力切れを起こしたところもほとんど見たことがない。そんな魔法使い、ロロ以外に見たことねぇよ」

「ユルグに褒められると、ちょっとくすぐったいな」

はにかむように笑うロロに、受付嬢がまたもや固まる。

「もしかして、ロロ・メルシアさん……⁉　〝妙幻自在〟の？」

「？　なんです、それ？」

「ご自分の二つ名ですよ？　知らないんですか？」

焦った様子のロロが俺を見上げるも、俺だって聞いたことがない。

というか、俺もロロもそういうことに無頓着《むとんちゃく》なところがある。

「国選パーティ『シルハスタ』の縁の下の力持ち。前衛を鼓舞し、後衛の壁となる変幻自在の中衛。妙手の凄腕《すごうで》魔法戦士！　きれいな男性とは聞いていましたが――想像よりずっと、かわいい……！」

早口で興奮する受付嬢に、思わず一歩下がるロロ。

そういえば、冒険都市《アドバンテ》でも男女問わずいろんなヤツによく言い寄られていた気がする。

とはいえ、ロロの実力がこうも認められているという事実は、少し嬉《うれ》しい。

「……と、いうことは。『シルハスタ』が来てるんですか？」

「いいや、俺達は抜けた。今はフリーの冒険者をしてる」

「抜けた⁉」

受付嬢がまたもや素《す》っ頓狂《とんきょう》な大声を出すものだから、周囲の視線がこちらに集まってしまった。

最初はデキる受付嬢と思ったが、見当違いだったかもしれない。

「諸事情があってな。方向性の違いってやつだ。とりあえず、俺らはこの先ペアで動く予定にしてる。パーティの申請はこれでいいか？」

これ以上騒ぎになるのもまずいと思い、リーダーの欄に俺の名前を書いて申請書を突き返す。

代わりに、パーティ名の欄には『メルシア』と書き殴ったが。

「あ……すみません。少し、驚きすぎてしまいました。パーティ申請と討伐達成の処理、すぐに行いますので、少々お待ちください」

「あ、ああ。頼むよ」

窓口からぱたぱたと離れていく受付嬢の背中を見つつ、小さくため息を吐《つ》く。

まさか、こんな辺境の田舎《いなか》に来てまでこんな扱いをされるとは。

「ボクの二つ名……公式登録じゃないはずだけど、誰が言い出したんだろう？」

「さぁな。でも、二つ名のことがあれば追放もなかったんじゃねぇのか？」

「どうかなぁ……？　アルバートはずっとボクのことを目の敵にしていたし」

「それもそうか。あいつはちょっと短絡的だしな」

『シルハスタ』のリーダーを思い出して、軽く顔をしかめる。

出会った頃はもう少し素直だったはずだが、国選パーティの話が出てからアイツは変わってしまった。

効率を求めるというか、選民思想に染まったというか……どうも、俺達と意見がぶつかることが多くなったのだ。

「お待たせしました！　パーティ結成通知書と報酬です」

「ありがとうな。それで、ちょっと聞きたいんだけどさ」

「もちろん！　何でも聞いてください」

「ここのところ、そうだな……一年間くらいの魔物《モンスター》出現推移ってわかるか？」

俺の言葉を聞いた瞬間、受付嬢の顔が小さく強張《こわば》った。

それだけで、悪い予想が進行中であると理解できてしまう。

「……増えてんだな？」

「はい、すごく。でも、調査依頼を出すための補助金が、国から下りないんです」

眉尻《まゆじり》を下げる受付嬢に、俺は笑って返す。

「しばらくはマルハスを拠点にしている。未踏破地域にも入っから、何かあったら情報を流す。いいよな？　ロロ」

「もちろん。代わりに、ギルドでも何か掴《つか》んだら、ボクらに教えてください」

「ユルグさん、ロロさん……！」

顔を明るくする受付嬢に、頷《うなず》いて返してロロの背中を叩《たた》く。

「それじゃ、方針が決まったところでチーズを買いに行こうぜ。おばさんが待ってる」

「うん。それじゃあ、また」

頭を深々と下げる受付嬢に軽く手を振って、俺達は冒険者ギルドを後にした。

◆

お土産《みやげ》のチーズ（安かったのでホールにした）を購入した俺達は、その日のうちに酪農都市《ヒルテ》を後にして、マルハスへの帰路についた。

ロロと相談した結果、このことをマルハス全体で早急に共有するべきだと結論付けたのだ。

おそらく、状況は思っていたよりも悪い。

「一泊の予定が野営になっちまったが、よかったのか？」

焚火《たきび》に枝を投げ入れながら、そばに座るロロに声をかける。

焼いた干し肉を食《は》んでいた幼馴染《おさななじみ》が、口を動かしながら頷いた。

「いいんだ。それに、ちょっとだけヤな予感がしたしね」

「……まぁな」

ロロが危惧《きぐ》しているのは、酪農都市《ヒルテ》で余計な足止めを食らう可能性だろう。

冒険都市《アドバンテ》で精力的に活動していた俺達の冒険者信用度《スコア》は、こんな片田舎ではあまり見ないくらいに高い。

なにせ、所属していた『シルハスタ』は国選パーティに推挙されるくらいだ。

当然、元メンバーである俺達もそれなりに高い評価を受けている。

冒険者ギルドにとっては、駆け出しには任せにくいあれやこれやといった厄介な依頼を押し付けるに、ぴったりな相手というわけだ。

もちろん、俺達とていっぱしの冒険者であれば、問題解決に手を貸すのもやぶさかではない。

しかし、物事には優先順位というものがある。

まずは、村に戻って諸々《もろもろ》の調査を開始しなくてはならないだろう。

「しかし、〝妙幻自在〟か。なんだか、ロロにぴったりだよな」

「あんまりイジったら、怒るよ？」

頬を膨らませるロロに、俺は苦笑で返す。

「そうじゃねぇよ。俺は、ずっとお前がスゲェって思ってたんだ」

「ユルグが？　まさか」

「信用ねぇな」

再び小枝を焚火に投げ込みつつ、思わず噴き出す。

どうもロロは自己評価が低いくせに、俺を過大評価しがちだ。

自分が大したことがないなんて、間違ったことを考えてる。

「お前はすごいよ。田舎から出てきて独学で魔法を学んだかと思えば、俺に付き合って近接戦もこなす」

「キミに勝てたためしがないけどね？」

「魔法を使わないからだろ？」

ロロは自己強化魔法すらなしで俺と打ち合えるくらいに鍛えている。

周りから〝崩天撃〟だなんだと言われている俺なんて、ただ力任せにやってるだけだが、ロロは自分というものをよく知った戦い方をするヤツだ。

魔法ありでやり合えば、きっと俺はなすすべなく負けてしまうだろう。

「『シルハスタ』はお前頼みのパーティだったよ」

「そんなことないよ。ボクったら、器用貧乏だし」

「俺は後ろにお前がいるから、フィミアとサランを任せて前に出られた。あいつらだって、お前がいたから自分の役割に集中できてたんだ。そうだな……器用貧乏ってより、器用万能って感じだ」

魔法使いとしても剣士としても一流。

それが、ロロ・メルシアという男だ。

この優男が評価されないはずないとずっと思っていたが、ようやく世間の認識が追いついたのかもしれない。

今頃、アルバートはロロのありがたみを噛《か》みしめている頃合いだろう。

「みんな、大丈夫かな？」

性格の悪い俺の思惑と裏腹に、ロロの口から出たのは心配の言葉。

お人好しというかなんというか。

いや、これがこいつのいいところなのだが。

「まぁ、サランは頭がいいから、何なりとするだろうさ」

「そうだね。……ユルグは戻らなくていいの？」

どこか心配げに、上目遣いで俺を見るロロ。

おいおい、やめろ。うっかり恋にでも落ちたらどうする？

男同士だぞ？

「少なくともアルバートが看板背負《しょ》ってる間は戻る気はねぇよ。お前が戻るってなら、俺もついて行くけどよ」

「そっか」

「それに、もう新しいパーティを結成しちまったしな」

二人きりのパーティだが、それも気楽だ。

俺は、あんまり人間付き合いがうまくないからな。

「本格的な調査をするなら、二人じゃ少し不安だね」

「まぁな。あと、一人……いや、二人ぐらいいれば楽なんだが」

そう言いつつ脳裏に浮かんだのは、『シルハスタ』に所属するフィミアとサランの顔だ。

フィミアは優れた神官で、〝聖女〟なんて二つ名を冠するほどに神聖魔法の扱いに長《た》けている。

治癒魔法、防護魔法、解呪に結界……守りの魔法に関してあいつの右に出る者はいない。

フィミアとロロが後ろにいれば、俺は多少の無茶だってやらかすことができる。

それでもって、サランがいればさらに楽だ。

貴族出身の学者兼魔法使いであるあの男は、ロロの魔法の師匠でもある。

ときどき慇懃《いんぎん》無礼なところが鼻につくヤツではあったが……あいつの知識の深さは王国でも折り紙付きで、サラン・ゾラークが調査した情報というのは、それだけで各方面を動かすきっかけにもなりえる。

とはいえ、二人のような優秀な人間がこんな片田舎にいるはずもなく。

本格的に調査するとなれば、酪農都市《ヒルテ》でそこそこできるヤツか、あるいはパーティに依頼を出すことになるだろう。

そいつらにしたって、未踏破地域になど入りたがらないだろうが。

「『シルハスタ』のみんなが来てくれればなぁ……」

「ああ、アルバート以外がな」

「もう、ユルグはすぐそうやって言う。きっとアルバートにだって何か理由があったんだよ」

小さく笑うロロに、思わずため息を吐く。

何だってこいつはこうもお人好しが過ぎるのか。

ロロの追放にはアルバート以外のメンバー全員が反対していた。

それをあいつは、リーダー権限を使って強行したのだ。

一番怒ってしかるべき本人がこうも柔和だと、俺はどこに怒りをぶつければいいのか。

「……？」

もやもやとしながら太めの枯れ枝をパキパキと折っていると、街道の向こう――酪農都市《ヒルテ》方面だ
――から何者かが近づいてくる気配があった。

俺達のような熟練冒険者でも足を止めて野営をする夜半。

こんな時間に動くものと言えば、大半が魔物《モンスター》か野盗の類いだ。

「ロロ」

「うん。わかってる」

お互いに目配せして、得物を手繰り寄せる。

近づく足音は馬のものではない。とはいえ、人とも思えない。

であれば、魔物《モンスター》か？

「ユルグ？」

近づく足音に戦棍《メイス》を構える俺の名を、暗闇の先から誰かが呼んだ。

聞き覚えのある声に、思わず驚いて得物を下ろす。

「まさか――フィミアか？」

「よかった。ようやく追いつきました」

にこにことしながら、真っ白な鱗《うろこ》の走大蜥蜴《ラプター》の背から下りる少女。

なるほど、奇妙な足音の正体はこいつか。

「ごきげんよう。お会いできてよかったです」


――フィミア・レーカース。

〝聖女〟の二つ名を持つ神官にして『シルハスタ』のメンバー。

きわめて強力な神聖魔法の使い手。


「フィミア？　どうしてこんなところにいるの？」

「ああ、やっぱり！　ロロさんも一緒だったんですね」

「おいおい、フィミア。質問に答えろ。何だってこんな夜半にこんな場所にいんだ？」

俺の言葉に、フィミアが可憐《かれん》に微笑《ほほえ》む。

「追いかけてきたんですよ?」

「誰を?」

「あなた達を?」

小首を傾《かし》げる〝聖女〟に、ロロと二人で顔を見合わせる。

俺達を追いかけてとは、いったいどういうことだろう?

「『シルハスタ』はどうした?」

「脱退してきました」

「おいおい、それじゃあ……今の『シルハスタ』はアルバートとサランの二人パーティってことか?」

「どうでしょう? サランさんは追加メンバーを探すとおっしゃってましたけど」

まるで他人事《ひとごと》……いや、他人事なのか。

俺達同様に抜けてきたというのだから。

「でも、どうして抜けちゃったの?」

「ロロさんはわかっているのでは?」

問いを返されたロロが、小さく詰まる。

何か思い当たる節でもあるのだろうか。

「はぁー……なんだか妙なことになっちまったぞ。おい、ロロ? どういうことだ?」

「えっと、どうかな」

「誤魔化《ごまか》すの下手《へた》かよ、まったく」

どうやら、事情を把握しきれていないのは俺だけらしい。

とはいえ、俺にしても個人的な事情で『シルハスタ』を抜けた身だ。

フィミアに関しても、深く追及するつもりはない。

「まあ、いい。俺達を追いかけてきたと言ったな？　フィミア」

「ええ」

「なら、少し手伝ってくれないか。未踏破地域に入ろうと思う」

俺の言葉に少し驚いた後、こちらに向き直るフィミア。

「何かが起こっているんですね？」

「ああ。どうやら最近、少しばかり様子がおかしいらしい。昨日も吸血山羊《ヴァンパイアゴート》を一匹仕留めた」

「……あまりよくない状況ですね」

頭のいい女は嫌いじゃない。

それが冒険者であればなおいい。

「下手をすればこの辺り一帯でデカいトラブルになるかもしれねぇ」

「原因については目星がついているんですか？」

「いいや、さっぱり。ギルド経由で人海戦術をかけるにしても、とっかかりがねぇ。だからそれを俺達で探そうと思う」

行き当たりばったりな計画だ。

サランが聞いたら鼻で笑うだろう。

代わりに、もっと効率的なプランを口にするだろうが。

「わかりました。では、二人のパーティに入れていただけますか」

「また酪農都市《ヒルテ》に引き返すしかねぇか」

「いえ、公文書用の【手紙鳥《メールバード》】をギルドあてに飛ばします。サインだけいただけますか」

なるほど、その手があったか。

さすがはフィミアだ。頭が回る。

というか、『シルハスタ』のメンバーはどいつもこいつも頭の回る連中ばかりだったが。

……俺と、アルバート以外は。

「それじゃあ、夜が明けたらマルハスに向かって移動しよう。馬と走大蜥蜴《ラプター》なら日が落ちる頃にはつくだろう」

「ふふ、楽しみですねぇ。マルハスには行ったことがないんです」

「何もねぇ、ただの辺境だからな……」

にこにことするフィミアに、軽くため息を吐《つ》く。

どこか世間知らずっぽいこのお嬢様は、ヘンなところで抜けてたりする。

冒険中はすごく頼りになるのだが。

「ありがとう、フィミア。心強いよ」

「また一緒ですね、ロロさん」

手を取り合って笑う二人を見て、軽く苦笑する。

フィミアは俺達を追いかけてきたと言ったが、十中八九ロロを追いかけてきたのだ。

実のところ、アルバートがロロを敵視していた理由の一つがこの二人の関係だとは薄々勘付いていた。

隠しているのか、誤魔化しているのか……どちらかはわからないが、二人の距離感はあまりに近く見える。

おそらく男女の仲になっているだろうことは想像に難くない。

人の恋愛事情に口を出すつもりはないのだが、アルバートには堪えがたいことだったのだろう。

あいつは、フィミアに随分と入れ込んでいたからな。

「はぁー……このまま、サランも来てくんねぇかな。アルバートは抜きで」

「サランさん、『シルハスタ』を国選にすることにずいぶんと頑張っていらっしゃったので……」

「無理だよなぁ」

あいつには俺達を追いかけてくる理由なんてないし。

もしかすると、フィミアに釣られてアルバートは来るかもしれないが。

「……」

「どうしたの？　ユルグ」

「余計なことを考えて軽い吐き気がしただけだ。それより、フィミアがいるならテントを立てよう。

んで、お前らは寝とけ」

ロロと二人ならこのまま焚火《たきび》の周りで寝ればいいと思ったが、さすがにフィミアを土の上に転がしておくわけにもいかない。

それでもって、テントを立てるなら何も土の上で寝ることもないので、ロロも一緒に放り込んでおこう。

音さえ漏れなきゃ、多少は乳繰り合ってくれたっていい。

久々の再会だ。聞き耳は立てないでいてやる。

「ユルグはどうなさるつもりなの？」

「そうだよ、夜番なら順番にしようよ」

俺の気遣いを何だと思ってるんだ、まったく。

「うるせぇ、俺なら二晩は平気で起きてられる。魔法使いが万全じゃねぇ方が危ういだろうが」

そう手を振って、俺は地面に置いた背負い袋からテントを引きずり出した。

第Ⅱ章　危機と転機

1．足りない危機感

フィミアを連れて街道を馬で駆けること、半日。

馬に回復魔法と強化魔法を施したおかげで、俺達は日が傾く前にマルハスへと到着していた。

道中は特に魔物《モンスター》に遭遇することもなかったが、妙な気配は何度か感じられた。

姿こそ見えないが、未踏破地域と隣接する森にそれなりの魔物《モンスター》が潜んでいるだろうことは明白だ。

マルハス前のアーチで馬から下りた俺は、軽く息を吐き出してロロに向き直る。

「ロロ、上役どもを集めて説明を頼む」

「ユルグは？」

「俺がいると、連中も素直に話を聞かんだろうさ」

反論を口にしようとするロロを手で制して、ちらりとフィミアに視線を向けて小声で話す。

「フィミアも連れていけ。田舎《いなか》モンは信心深いからな。神官がいれば話がしやすくなるはずだ。それが年若い美女なら鼻の下も伸びる」

「聞こえていますよ、ユルグ」

小さなため息を吐きながら、フィミアが湿り気のある視線で俺を見る。

神の威光を何だと思っているのですか、とまた説教をされそうだが……ここは実利を取ってもらおう。

村の潜在的危機を知ってもらうことも、そのために俺達が調査することにも納得してもらわねば、この片田舎では動きにくくて仕方がない。

「それならユルグも一緒にいらっしゃればいいじゃないですか。〝崩天撃〟の二つ名は酒場のツケにだって使えるくらいでしょう？」

「ここでの俺は〝悪たれ〟ユルグなんだよ。悪名がデカすぎて、いるだけでマイナスだ。頼むよ、フィミア」

両手を合わせてお願いをする。

これについても都合のいい時だけ祈りの仕草をするなと言われそうだが……幸い、〝聖女〟殿はため息と一緒に頷《うなず》いてくれた。

「わかりました。貸しですからね、ユルグ」

「そこは聖職者らしく無償奉仕で頼むぜ」

「まったく、都合の良い時だけそのように。では、ロロさん。行きましょう」

促されたロロが、これまたため息まじりに頷く。

納得してないって面《ツラ》だが、それについては後で謝るとしよう。

この村にとっては、ロロの方が『立派になって帰ってきた若者』なのだ。

「馬とグレグレは俺が厩舎《きゅうしゃ》に連れていっておく。グレグレ、いいか？」

「ぐれぐれ」

「よし、行こう」

フィミアの乗る白い鱗の走大蜥蜴《ラプター》は、騎乗用に訓練された魔物《モンスター》だ。

調教するのは結構難しいが、小型でも速く馬力があるため行商人が使うこともある。

純白の鱗を持つこいつは、冒険中に俺が卵を見つけて……なぜかフィミアに懐いてしまった変わり者で、〝聖女〟人気も相まってすっかりフィミアのものという認識がついてしまった。……まあ、別にいいんだが。

「それじゃあ、行ってくるよ」

「ああ、うまく説明してくれ」

二人に手を振って、俺は三本の手綱を引く。

田舎らしく、それなりの大きさの厩舎があるので、白走大蜥蜴《グレグレ》も窮屈な思いはしないだろう。

「ぐれぐれ」

「おい、俺を食《は》むな」

「ぐれー」

とんとんと跳ねるように隣を歩きながら、俺の頭を甘噛《あまが》みするグレグレ。

フィミアには噛《か》みついたりしないのに、なんで俺にはこうなんだ？

「トムソン。馬を返しに来た。あと、コイツを預かってほしいんだが」

「ひっ、ユルグ……！」

「おいおい、何もしねぇよ」

過去の俺――〝悪たれ〟ユルグが行った諸々《もろもろ》の所業のせいであるとは理解しているが、こうも怯《おび》えられると些《いささ》か気落ちもする。

それだけのことをしたのだという、反省と共に。

「……すぐに消えるから安心してくれ。それとコイツ、グレグレっつーんだが、こいつも預かってくれ。餌は肉を預かってる」

「あ、ああ……。わかった」

怯えた様子のトムソンに手綱を預け、すぐさま踵《きびす》を返す。

居心地が悪い以上に、居場所がないことを再確認してしまった。

正直、都会の無関心さがすでに懐かしくもある。

「あ、あのよ……」

立ち去ろうとする俺の背に、トムソンが声をかけた。

「ん？」

「お前が、バケモンを退治してくれたんだってな。ロロが、言ってた」

「ああ。俺がってより、俺とロロでだけどな」

「その、ありがとう。うちも鶏が何羽かやられてたんだ……」

それを聞いて、背に冷たいものを感じた。

鶏なんてのは、村の中で囲って飼育するもんだ。それがやられたってことは、村ん中まで魔物《モンスター》に踏み込まれたってことでもある。

「他に被害は？　お前は怪我《けが》してねぇか？」

「え？　ああ、オレは大丈夫。他の被害は豚とか羊が少しあったくらいだ」

「そうか。また何かあったら言ってくれ。俺に言いにくかったらロロでもいいから」

「わ、わかった」

頷くトムソンに軽く手を振って、厩舎を後にする。

どうやら、思ったより事態は深刻だったようだ。

これは、ロロとフィミアに相談しないとダメだな。

いや……その前に、村の防護を担っている結界の要石を調べに行かないと。

機能してるのか、してないのか。

してないならしてないで資材が必要だし、人材も必要だ。

「ああ、クソったれ！　俺には何で学がねぇんだ……！」

この村の結界が魔術式なのか神式なのかすらも思い当たらねぇ。

「〝悪たれ〟、何をブツブツ言っとるんじゃ」

「タントのおっさん……」

「なんぞ困ったことでもあったか？」

椅子代わりの切り株を示す爺《じい》さんに、俺は少しばかり訝《いぶか》しむ。

〝悪たれ〟に椅子を勧めるなんて、いよいよ耄碌《もうろく》したか？

だが、この爺さんが物知りなのも確かだ。

ロロ達はまだ戻ってこないだろうし、借りられる知恵は借りておこう。

「トムソンのヤツから吸血山羊《ヴァンパイアゴート》――村を荒らしてた魔物《モンスター》が鶏を襲ったって聞いた。村ん中まで入られてたのか？」

「うむ。何度か見たって話はあったの」

なんともまぁ、のんきな話をしてくれる。

普通、村の中に魔物《モンスター》なんぞ現れたら即時総員避難って考えになるものだが。

「村の結界、大丈夫なのかよ？」

「わからん。この村が開拓されてからずいぶん経《た》つからのう」

「……メンテとか、してんのか？」

「……わからん」

ああ、ダメだ。

村の知恵者がこの調子ではまったく期待できない。

「とりあえず、運のいいことに高位の聖職者が来てる。村の結界を見てもらおう」

◆

「……ってわけなんだ」

一連の出来事を説明すると、ロロもフィミアも表情を厳しくした。

村や町、都市などは強度の違いこそあれども、魔物《モンスター》の侵入をある程度は防ぐ結界が設置されている。

いわば、人間サイドの縄張りの主張だ。

その縄張りに易々《やすやす》と侵入され、あまつさえ被害まで出ているとなると……いよいよ、この村の危機管理にはかなりの甘さがあると言わざるを得ない。

昔は、戦うすべを持つ者もそれなりにいたはずなのだが、過疎と高齢化が進んだ結果がこれだ。

「教会式の簡易結界なら設置できますけど……その場しのぎになってしまいますね」

「ああ、俺も結界の設置できる魔法道具《アーティファクト》はいくつかあるが、そう長持ちするもんでもない。要石を使ったちゃんとした結界が必要だ」

「ボク、要石の場所なら知ってるよ。今から確認しに行こう」

ロロの言葉に頷いて、村の外周へと歩いていく。

俺の姿を見た村人数人が、怯えた様子で目を逸《そ》らすのを見てフィミアが小さくため息を吐《つ》いた。

「なんだか、ユルグの方が魔物《モンスター》みたいな目で見られていますね？」

「あいつらにとっちゃ、俺も魔物《モンスター》も変わらんよ」

「もう、ユルグはすぐそうやって拗《こじ》らせる」

先頭を行くロロが、責めるような口調で言葉を続ける。

「だいたい、村のみんなだって悪いんだよ。ユルグはずっと一人きりで頑張ってきたのに、それを見向きも助けもしなかった。あの頃のユルグが孤独だったのは、村のみんなが無関心だったからだよ」

「……お前のおふくろさんは違ったじゃねぇか」

「そうだね。きっと、放っておけなかったんだと思う。ユルグは、昔から優しかったから」

突然の言葉に、小さく噴き出す。

「俺が？」

「自分でも気が付いてないんだよね、ユルグは。君ったら、いつだって無謀で、勇ましくて、優しかったんだよ？　ボクのことを魔物《モンスター》から助けてくれたことなんてすっかり忘れてるでしょ？」

「覚えてねぇ」

俺達のやり取りを見ていたフィミアがくすくすと横で笑う。

黙ったままだと思ったら、聞き耳を立てていたな？

いい趣味をしてやがる。

「ロロさんったら、ユルグのことになると雄弁ね」

「むむ……」

「おいおい、ロロを弄《いじ》るんじゃねぇよ。それより、そろそろか？」

先を行くロロが小さく頷いて立ち止まる。

指さす先には、小さな祠《ほこら》が建てられていた。

「ええと……教会式ですけど、かなり古いですね。要石も相当摩耗していますし、これでは結界を維持できていないでしょう」

「やっぱりか。やれやれ、どうしたもんかな」

「取り急ぎ、略式で結界を張り直しておきます。ないよりはマシ、程度でしょうけど」

静かに詠唱を始めるフィミアの隣に立って、ロロと共に周囲を警戒する。

結界が機能していない以上、もうここは未踏破地域の中だ。

詠唱中、無防備になる術者を守らねばならない。

「……ここは大丈夫です。ロロさん、要石はいくつですか？」

「えっと、これ入れて五つのはずだよ」

「いいですね。五芒《ごぼう》結界なら、略式でもそれなりの効果が期待できます。行きましょう」

フィミアに頷いて、案内を始めるロロ。

そんな二人の殿《しんがり》について、俺はふと背後を振り返る。

静かすぎる未踏破地域の森の中から、何かがこちらを見ているような気がした。

2. 月明かりの酒宴

結界を張り直し終えた俺達は、今後のことを考えるべくメルシア家にお邪魔していた。

ホールのチーズを渡すとおばさんは少し驚いていたが、すぐにチーズたっぷりのグラタンを拵《こしら》えてくれ、俺は懐かしい味に舌鼓を打った。

「そんなに危なかったのかい？」

「ああ、フィミアがいてくれてよかったぜ。どこもかしこも機能してなくて、これまで無事だったのが不思議なくらいだ」

食後のお茶を飲み干しながら告げる俺の言葉に、おばさんが顔を少し青くする。

そんな状態で子供たちを家の外に出していたのだから、驚いても仕方がない。

「ご安心ください。その場しのぎではありますが、わたくしが結界を張り直しておきました。しばらくは大丈夫ですよ」

「ありがたいねぇ。さすがは〝聖女〟様だねぇ」

「いえいえ。お役に立てて光栄です」

にこにこと笑うフィミア。

さすがというかなんというか。

聖職者という背景もあってか、フィミアはすぐさま村人に受け入れられた。

「そういえば、フィミアはどこに泊まるの？」

「ええと、村長さんがお部屋を貸してくださるそう……」

「おばさん、悪いんだけどフィミアを泊めてやってくんねぇか？」

フィミアの言葉が終わる前に、提案をする。

それにロロとフィミア、そしておばさんが目を丸くした。

「それはいいけど、そうするとアンタの寝床がなくなっちまうよ？」

「構わないさ。レディーファーストってヤツだ」

「……都会でおかしなものでも拾い食いしたのかい？」

「ユルグ、必要な奇跡は〈解毒《アンチドーテ》〉ですか？　それとも〈正気《サニティ》〉ですか？」

二人して失礼すぎやしないだろうか。

俺だって、それなりに思うところがあっての発言だったのだが。

「村長の倅《せがれ》は、どうも信用ならねぇ。フィミアに言い寄ってくる可能性がある」

「ああ、それは心配だねぇ」

次期村長でもあるケントは、女癖が悪い。

もちろん、こんな片田舎《かたいなか》での女癖の悪さなので知れてると言えば知れてるが、それでもフィミアのようないい女を前にやらかしがないとも限らない。

それに、ここまでロロを追いかけてくるようないじらしい女なのだ。

できるだけ、一緒にいる時間を作ってやりたい。

「ってことで、俺は見張りがてら境界側で野営生活に入る」

「ユルグ！　森で生活するの？　ぼくも行く！」

「おいおい、ビッツ。遊びじゃねぇんだぞ？　代わりに、モルボリン草の採取に付き合ってやっから我慢しろ」

まだまだ幼いビッツの頭をくしゃくしゃに撫《な》でたくってやって、引きはがす。

もう少し身体《からだ》ができてきたら、戦うすべを教えてやるのもいいかもしれない。

せめて、自分の身を守れるように。

「うーん……大丈夫なのかい？」

「もともとガキの頃はその辺で寝てたんだ。野営の準備があるだけマシってもんよ」

「もう、言い出したら聞かない子だね。わかった、代わりに食事と水浴びはうちに戻ってくるんだよ？　わかったね？」

「へイヘイ」

適当な返事をして、席を立つ。

「それじゃ、行くわ。とりあえず、明日になってからもう少し具体的なプランを考えようぜ」

「ちょっと、ユルグ！　また一人で勝手に……！」

「そうですよ。詰めれば二人くらい眠れますよ、多分」

責める目つきの二人に軽く苦笑を返して、二人の肩をポンポンと叩《たた》く。

ここに至って、恋路の邪魔をするほど野暮でもない。

それなりに気を遣える大人になったんだ、俺は。

「俺のことはいい。今日はぐっすり眠って、明日からまた頼む」

軽く手を振りながら、俺はメルシア家を後にした。

◆

「ユルグ」

要石のある村と森の境界線付近で野営地にロロが訪れたのは、月明かりが降り注ぐ夜半のことだった。

手には葡萄酒《ワイン》の瓶と、ジョッキが二つ。

「どうした、ロロ」

「眠れなくってさ、ちょっと二人で飲もうと思って」

「フィミアのヤツはいいのか？」

「声をかけてはみたんだけど、疲れてるみたいでぐっすりだったよ」

苦笑するロロに、俺も苦笑を返す。

なんだかんだ言って、フィミアは中央で育ったお嬢様だ。

こんな辺境のド田舎までくれば、疲れも出るかもしれない。

「どうぞ」

「おう」

受け取ったジョッキに鼻を近づけて、香りを楽しむ。

こういう楽しみ方があると教えてくれたのは、依頼人の老人だったか。

「いい匂いだし、美味《うま》い。どこで手に入れたもんだ？」

「冒険都市《アドバンテ》を出る前に、トネリコ商会で売ってもらったんだ。東大陸のいい葡萄《ぶどう》を使ってるって言ってた」

「高かったんじゃねぇのか？」

「まあね。ほんとはこれで、やけ酒をするつもりだったんだ」

月を見上げながら、ロロが静かに笑う。

幼馴染《おさななじみ》ながら、なんて絵になるヤツなんだろう。

これは、聖職者のお嬢さんがころりといっても仕方ない。

辺境の片田舎から冒険都市《アドバンテ》なんて都会に出て、いろんなヤツに会った。

行き交う人々は故郷とはまるで違っていて、どこを見ても、人、人、人。

そんな大量の有象無象《うぞうむぞう》に交じれば、ロロの容姿がどれほどに優れているか理解もする。

――容姿だけではない。

こいつは、スレないし、ブレない。芯《しん》のしっかりした人間だ。

都会の生活で身持ちを崩すヤツは数多くいたが、コイツはまるで違った。

柔和で優しい性格はずっと変わらなかったが、それでいて意志は誰よりも強く、常に前向き。

世間は俺のことを〝崩天撃〟だなんだともて囃《はや》すが、真に称賛されるべきはロロのような人間だろう。

「なんだか昔を思い出すね」

「そうだな。前はよくこうして月を見ていた気がする」

あの頃は俺もガキだった。

俺に会いに来てくれるロロを邪険にしたこともあったし、恨み言まじりの嫌味を言ったりもした。

それでも、この男は俺の友人でいようとしてくれたのだ。

今となると、それがどれほど心の支えになっていたかよくわかる。

「守れるかな」

「守るさ」

俺にとって居心地の悪い故郷《ここ》も、ロロにとっては大切な場所だ。

ロロのためならば、多少の無茶をしてでも守ってみせる。

おばさんにも、随分と世話になったことだしな。

「ユルグがそう言ってくれると、なんだか安心するよ」

「なんだそりゃ」

「ユルグは約束を守る男だから」

「信用が重すぎる……！」

ロロにこう言われてしまえば、そうするしかなくなる。

この親友の信用を失うことが、俺にとっては一番の痛手だからな。

「ま、やれるだけはやってみせるさ。頭脳労働はお前らに丸投げだけどな」

「サランほどうまくはできないだろうけど、土地勘はボクらの方があるからね。何とかなるんじゃないかな」

「まあ、ガキの頃は遊び場みたいなもんだったしな。……今になって思うと、ぞっとするが」

「同感。未踏破地域の探検なんて、冒険者だって嫌がるもんね」

幼馴染と二人、笑い合う。

無学で無謀な田舎のガキらしい危険な遊び。

とはいえ、おかげで未踏破地域の森に分け入るのにそこまでの恐怖も感じない。

それに、今の俺達には冒険者としての経験があるし、フィミアという頼れる仲間もいる。

あの頃より、ずっとうまくやれるはずだ。

「あ、そうだ。母さんと話してたんだけどさ……野営するくらいなら家を建てちゃえばどうかって言ってた」

「ん？　何の話だ？」

「ユルグの家を村に建てちゃおうって」

突然切り出されたロロ（とおばさん）の提案に、唖然《あぜん》とする。

いや、確かにずっと野営というのも浮浪者のようでよくない気はするが……マルハスに俺の家を建てようなんて酔狂としか言いようがない。

どう考えても村の連中が大反対するだろう。

「ほら、フィミアに要石を見てもらって、結界の配置を確認したじゃない？」

「ああ。まさか結線型でなくて展開型とは驚いたけどな」

結線型は要石同士を魔法的に繋《つな》いで、壁状の結界を発生させる技法。

そして、展開型は要石を中心に円状の結界を発生させる技法だ。

安価で安易なのは結線型なのだが、マルハスの結界は展開型だった。

村の中心部……村長の家があるあたりは、その円が重なる場所にあって最も強固に守られるようになっている。

この開拓村の興りが、未踏破地域の調査キャンプだったことも関係しているのかもしれない。

「うん。それでね、結界の範囲的にもう少し開拓できそうだってフィミアが言ってたんだ」

「いや、だからって村の連中も俺に居座られたら落ち着かないだろ？」

「でも、ずっと野営ってわけにはいかないでしょ？」

ロロはそう言うが、ガキの頃は藁《わら》を適当に積んでごろ寝するか、厩舎《きゅうしゃ》にもぐり込んで寝ていたくらいだ。

雨風を凌《しの》げるテントがあるだけ、随分と文化的な生活になったと思うが。

「俺は野営でも気にしねぇよ」

「ダメ。逆に、ちゃんと家を建てて村の一員だって示した方がボクはいいと思う」

「そういうもんか？」

「そういうものだよ」

ロロの言っていることはいまいち理解できないが、こいつがそう言うならきっとそうなんだろう。

俺だったら、俺が村に帰ってきて住み着くとか絶対に御免被りたいと思うんだが。

「村長と顔役の許可はボクがもらってくるからさ」

「つっても、家の建て方とか知らねぇぞ？　さすがに俺の家を建てたいって連中はいねぇだろ」

「うーん……酪農都市《ヒルテ》で募集するとか？」

確かに、酪農都市《ヒルテ》であれば冒険者ギルドがあるような都市だし、職人ギルドもおそらくあるだろう。

さりとて、この村には職人を泊める宿すらないのだが。

「ユルグの家には、ボクの部屋も作ってもらおうかな」

「なんだそりゃ。パーティ拠点って感じか？」

俺の言葉を聞いたロロが、ハッした表情を見せる。

「さすがユルグ！　その線で行けばいいんだよ」

上機嫌そうに葡萄酒《ワイン》をあおったロロが、ニコニコとした顔で計画を話し始める。

月明かりに照らされながら俺はそれをただ頷《うなず》いて聞いていた。

◆

「まさか、こんな浅いところにヤツがいるなんてな」

「うん。やっぱり、おかしいよね」

マルハスに帰ってから数日。

本格的に未踏破地域である森の調査に踏み出した俺達だったが、悪い予感が早々に的中してしまった。

木の陰に隠れながら、森の中を流れる小川に居座る魔物《モンスター》を見る。

マルハスの比較的近くにあり、魚釣りに出向く者も多いこの場所で見かけてはいけないようなのが、悠然と水を飲む姿には少しばかり肝が冷えてしまう。

「どうする？」

「当然、仕留める。魔物《モンスター》素材も立派な収入源だ」

俺の答えに頷いて、ロロが強化魔法を俺に施す。

それを待ってから、俺は一気に飛び出して──熊型の魔物《モンスター》に戦棍《メイス》を振りかぶった。

「ガゥ⁉」

油断していたのか、水を飲むのに夢中になっていたのか。

俺の奇襲を許した魔物《モンスター》が、悲鳴じみた鳴き声を上げて吹き飛ぶ。

二度、三度とバウンドして木の幹にぶつかり……そいつは動かなくなった。

「相変わらずのバカ力ですね、ユルグ」

「それ、褒めてんのか？」

「もちろんです」

にこにこと笑いながら、フィミアが俺の肩をぽんぽんと叩く。

〝聖女〟様が気安いものだ。

「それにしたって、こんなところに灰色背熊《グレイバックベア》がいるなんて、ちょっとした事件だぞ」

「うん。村のみんなに警告しておいて正解だったね」

「調査を始めてすぐこれとはな。先が思いやられるぜ……」

ぐったりと転がる灰色背熊《グレイバックベア》を見やって、軽いため息を吐《つ》く。

体長二メートルを超えるこのデカブツは、森の深部——魔物《モンスター》の領域——に生息する非常に凶暴なヤツだ。

先日の吸血山羊《ヴァンパイアゴート》同様、気安く人里近くに出てきていい魔物《モンスター》ではない。

出没したら、冒険者ギルドから討伐パーティの派遣がされるくらいには大事《おおごと》だ。

「ちょうど川があるし、捌《さば》いて血抜きしちまおう。毛皮は売って、肉は食う。あんまり美味くないけどな」

「生姜《ジンジャー》か胡椒《ペッパー》が欲しいですね」

「お、フィミア。意外にわかってるじゃねぇか」

いいところのお嬢さんなのに、調理に造詣《ぞうけい》があるとは意外だ。

というか、俺はこの女のことをあまりよく知らないのだが。

これだけいい女なら、アルバートでなくとも多少の感情を抱きそうなものだが……どうにもそんな気分になれないというか、こちらを値踏みするような視線をたまに向けてくるので、少しおっかないのだ。

「どうかしましたか？　ユルグ」

「いいや、なんでも。――……！」

会話を止め、ハンドサインで二人に警戒を促す。

慣れた場所だからといって、気を抜きすぎたかもしれない。

「……」

あまりに森が静かすぎる。

普段は動物や鳥の鳴き声がどこからか聞こえてくるものだが、今は川のせせらぎしか聞こえない。

そこらを這《は》いまわる虫さえも、息をひそめてしまったかのようだ。

「この気配は、よくねぇな。近くはないが、気にならねぇほど遠くでもない」

「うん……足がすくむ感じがする。ボクらに向けたものかな？」

ロロと二人、森の奥に視線を向ける。

フィミアはあまりこれを感じないようで黙っているが、異常さは感じ取っているようだ。

「現物を確認しねぇと、ギルドにも報告できねぇしな……ちょっと行ってくるわ」

「ちょ、ユルグ」

「ん？」

駆け出そうとする俺の手を掴《つか》んで、ロロが首を振る。

「無茶はダメだよ」

「無茶はしても無理はしねぇよ。先行警戒も俺の仕事だ」

「ユルグったら、先行警戒した先で勝手に戦い始めちゃうでしょ？」

ロロの苦言に乾いた笑いが漏れてしまう。

確かに前科は山ほどあるが、フィミアがいればそういう無茶だって可能だ。

それに、ここで確かめないと冒険者ギルドに調査依頼の要請もできない。

「今回は確認だけして戻る」

「約束だよ？」

「約束だ。ちゃんと戻ってくる」

小さな沈黙の後、掴む手の力が弱まる。

今回の頑固勝負は俺の勝ちだ。

「フィミア、すまんが強化魔法を頼む」

「……」

「フィミア？」

「あ、ごめんなさい。魔物《モンスター》の正体について考えていました」

その割にゆるんだ顔をしていたようだが、これまでもときどきあったことだ。

いまさら気にはしない。

「強化魔法ですね。防護と矢避《よ》け、それに防毒、防火。こんなものでしょうか？」

「相変わらず手際がいいな」

「ユルグの無茶に付き合うためですよ」

俺の無茶の後始末は、いつもフィミアの仕事だからな。

事故が起きないようにするための癖がついてしまったらしい。

「それじゃ、行く。お利口にして待ってろよ」

いまだ納得いかない様子の親友の頭をくしゃりと撫《な》でて、全速力で駆ける。

『シルハスタ』の斥候役は俺が担っていた。

最初はロロと二人でやっていたのだが、俺一人でやることが多くなった。その方が効率的だったからである。

目一杯の強化を受けた俺が、先行警戒がてら強行偵察も兼ねるというスタイルが『シルハスタ』にはマッチしていた。

俺であれば、そのまま強襲して殲滅《せんめつ》するということもできたし、それが最も被害なく戦闘を終わらせる秘訣《ひけつ》でもあったのだ。

……今と同じにロロはあまりいい顔をしなかったが。

「さて、どこだ」

独《ひと》り言《ご》ちながら、未踏破地域を駆ける。

できるだけ他の魔物《モンスター》を避けて移動してはいるが……やはり、数が多い。

それも、こんな場所にいるべきでないヤツも見かける。

視線を巡らせる間に、ぞわりと分厚い気配の壁にぶち当たった。

さっきの気配と同じだ。

「……」

こちらの気配を気取られぬように、静かに太い木によじ登って注意深く周囲を観察する。

強行偵察でない先行警戒は久しぶりなので、逆に新鮮な感覚だが……そこで目にしたのは、それが正解だったと思わせる相手だった。

「〝手負い《スカー》〟……！」

思わず口から、ヤツの名が漏れた。

それは、冒険者ギルドに長らく貼られたままであった『特別討伐依頼』の対象の名である。

大暴走《スタンピード》よろしく魔物《モンスター》の群体を率いて、とある王国の砦《とりで》を壊滅させたとされる、〝悪名付き《ネームド》〟の人面獅子《マンティコア》。

それが、悠然と森の中を歩いていた。

◆

「マズいことになった。いや、なっちまってた」

ロロとフィミアが待つ未踏破地域の浅層に急いで戻った俺は、二人に〝手負い《スカー》〟のことを話した。

ロロはその場で殴りかからなかったことを褒めてくれたが、それどころではない。

村からそう離れていない場所に、あんなバケモノがうろついているなんて、あまりにもヤバすぎる。

「ユルグ、落ち着きましょう。異変についてまとめて、行動案を練ります」

「わかっちゃいる……！　でもよ」

「あなたらしくもない。悪態でも吐きながらシャンとなさい」

ぴしゃりと言われてしまって、俺は黙る。

しかし、フィミアの言うことはもっともだ。

最悪、足止めを任されるであろう俺が浮足立っちまったら、誰も守れなくなってしまう。

「それにしたって、どうしてこんな場所に〝手負い《スカー》〟がいるんだろう？　姿を消してもう五年でしょ？　前回最後に目撃されたのは、エルダーン山岳のふもとだって聞いたし、王国の端から端だよ？」

考え込むように顎《あご》に手を当てて、小さく唸《うな》るロロ。

事実として『ここにいる』ということを考えれば、確かに不自然ではある。

とはいえ人面獅子《マンティコア》というヤツは、国によっては『神の使い』だなんて言われるくらい強力な魔物《モンスター》だ。

〝手負い《スカー》〟ほどに年経た個体であれば、人語も解するし魔法も使う。

それらを駆使した何らかの方法で、この東の辺境に渡ってきたのかもしれない。

「いずれにせよ、急いでギルドに報告しないと。魔物《モンスター》の異常行動は〝手負い《スカー》〟が原因かもしれないって」

「そうですね。帰ったら、まずは【手紙鳥《メールバード》】を飛ばしましょう。それから、わたくしが酪農都市《ヒルテ》へ直接向かいます」

「直接見た俺が行かなくていいのかよ？」

俺の言葉に、フィミアが首を横に振る。

「もし、万が一の事態が起こった時……ユルグがいるかいないかでマルハスの被害状況が変わってきます。そして、あなたを一番うまく使えるのはロロさんですからね。でしたら、伝令はわたくしが一番適任でしょう？」

「……確かにな」

それに、フィミアは教会公認の〝聖女〟の二つ名を持つ聖職者だ。

冒険者ギルドの職員にだって、圧《お》し込《こ》みがきく。

運が良ければ、教会からも支援を引き出せるかもしれない。

俺が「〝手負い《スカー》〟を見た」と騒ぐよりは、ずっと現実的だ。

「では、まずは村へ。ロロさんは村の方々にやんわりと避難を促してください」

「うん。みんな森の怖さはわかってる。パニックにはならないと思うよ」

「ユルグは、昨晩の場所で哨戒《しょうかい》を。さっきの灰色背熊《グレイバツクベア》の生皮を吊《つ》って、魔物《モンスター》に警告するのもいいかもしれません」

「聖職者がエグいこと言いやがる」

「冒険者の知恵ですよ」

それにしたって、聖職者の――〝聖女〟様の言葉としてはショッキングが過ぎるのではないだろうか。

アルバートのヤツが聞いたら泡を吹きそうだ。

ま、俺はこの女が清廉潔白だなんて思っちゃいないから別に構わないが。

「じゃあ、そのセンで行こう」

俺の言葉に、二人が頷《うなず》く。

急がなくては、手遅れになる可能性が高い。

なにせ、マンティコアの語源は『人を喰《く》う獣』なのだから。

3. 国選パーティの参謀役

フィミアが村を出発してから五日。

未踏破地域の森を見張りながら野営生活をしていた俺を、ロロが呼びに来た。

「戻ってきたか？」

「うん。でも……」

「くそ、これだから田舎《いなか》は」

悔し気に目を逸《そ》らすロロを見て、ある程度の状況は察した。

そもそも、冒険都市《アドバンテ》の上級冒険者に依頼を出さなきゃならないような魔物《ヤツ》に対処できる戦力が、こんな片田舎で揃《そろ》うはずないのだ。

とはいえ、ロロの様子を見るに、どうやらそれどころではないようだが。

「それだけじゃないいんだ。怒らないで聞いてくれる？」

「俺がお前にキレたことがあったかよ？」

「子供の頃に何度か？」

「……過去の話はもういいじゃねぇか」

都合の悪いことは、横に置こう。

それよりも、俺が怒るような話とは何だろうか。

「アルバートが来てるんだ」

「は？」

驚くというよりも、呆《ほう》けてしまった。

あの無知蒙昧《むちもうまい》でナルシストな役立たずが、どうしてこんな片田舎に来る？

いや、わかった。

フィミアがロロを追いかけてきたように、あいつもフィミアを追いかけてきたに違いない。

「面倒なことだが、あいつが来てるってんなら、サランも来てんだろ？」

「うん。今、フィミアと善後策について考えてくれてる」

「なら、トントンってとこだな。とりあえず、俺も行く」

軽いため息を吐《つ》きながら、ロロの後に続く。

アルバートがややこしい口出しをしなければ、サランがうまい手を考えてくれるだろう。

……と思っていた俺が、甘かった。

「すぐに撤退するべきだ。強力な〝悪名付き《ネームド》〟がいるんだろう？　僕達だけで対処できるわけないじゃないか！」

そんな声が広場にまで漏れ聞こえている。

腰抜けめ。外にまで聞こえてくるような大声で泣き言を言うんじゃねぇよ。

仮にも国選パーティのリーダーが、なんてザマだ。

「おい、アルバート。嫌なら帰っていいぞ」

村長宅の扉を開けながら、俺は少しばかりドスのきいた声で告げる。

振り返った元リーダーが、俺——ではなく、ロロを見て金切り声を上げた。

「ロロ！　お前のせいだぞ！　追放された腹いせか？　こんな田舎くんだりまでフィミアを連れまわして！　僕がどれだけ心配したと思ってるんだ！」

「おい、黙ってろ。まったく、お前《テメエ》は何しに来たんだ」

ロロの事情に関しては話してなかったたってのに。

本当に……何だってこんな男のパーティにいたのか自分でも不思議なくらいだ。

出会った頃は、もうちょっとまともだった気がしたんだがな。

「フィミアを連れ戻しに来たんだよ！」

「お前、ついに頭がダメになっちまったのか？」

「なんだと？」

お前が凄《すご》んだって毛筋ほども怖くねぇよ。

だいたい、フィミアはロロを追いかけてきたんだ。

他人の恋路を邪魔するヤツは馬に蹴《け》られて死んじまえ。

幸い、マルハスには馬がそれなりにいるからな。よりどりみどりだぞ。

「それで？　サラン。何かプランは？」

バカを無視して、静かに思案する元パーティメンバーに声をかける。

「お久しぶりです、ユルグ。私はまだ到着したばかりでしてね。あいにく、あなたの戦仕事ほど単純ではないんですよ」

憎まれ口を叩《たた》きながらも、俺とロロで作った未踏破地域の地図を凝視し続けるサラン。

常に状況を冷静に見ているこの男が「無理です。撤退しましょう」と言わないあたり、すでに何か考えがあるはずだ。

「まったく情報が足りません。ユルグ、仕事ですよ」

「おう。任せてくれ」

地図を凝視したまま眼鏡《めがね》を指で押し上げるサランに、俺はにやりと笑ってみせた。

◆

サランからの要請は、地図上のポイント十ヶ所の詳細な情報収集と、そこから割り出した俺達もまだ足を踏み入れたことがないポイント三ヶ所の偵察だった。

ロロは危険だと言って止めたが、参謀役が「ユルグならできますよ。まだまだ余裕のある提案です」などと言い切ったため、俺はそれを受けた。

そも、あの嫌味な参謀役はできない人間にできないことを任せるようなヤツではない。

あいつができると言ったなら、できるのだ。

いけ好かない眼鏡野郎だが、信用も信頼もしている。

「このポイントは、よし。魔物《モンスター》の分布もだいたいわかってきたな」

木の上から、枝葉の隙間を縫って森を見渡す。

サラン曰《いわ》く、これができる人間は相当に少ないのだという。

俺のように森の中で遊び育った人間特有の視野なのだと言っていた。

つまり、俺はこの未踏破地域の偵察をするに適した人材というわけだ。

「さて、行くか……！」

残すところは、踏み込んだことのない領域の偵察のみ。

ここからは、さらに気を張って警戒しなくてはならない。

〝手負い《スカー》〟は恐ろしいが、未踏破地域の脅威はそれだけではない。

深く潜れば潜るほどに帰還が難しくなる場所なのだ。

魔物《モンスター》という直接の危険もあるし、感覚を狂わせる得体の知れない何かもある。

だが……迷宮《ダンジョン》にも多く潜ってきた俺なら、行けるはずだ。

それを見越して、サランも俺を指名したに違いない。

木々の間を、猿のように駆けていく。

今日の俺は偵察仕様で軽装だ。

身体《からだ》の重さばかりはどうにもならないが、樹木ってのは意外と頑丈で、俺が踏んだりぶら下がったりしたくらいで折れたりはしない。

「最初のポイントはこの辺——……って、おいおい」

サランが示した未踏破地域の深部境界域。

何のためにこんな場所をと思ったが、どうやらただの当てずっぽうってわけじゃなさそうだ。

「猿人《ボルグール》の集落、いや……『巣』だな。上猿人《ハイ・ボルグール》どころか、長老猿人《エルダー・ボルグール》までいやがる」

猿人《ボルグール》は、子供の背丈ほどの体格をした毛むくじゃらの猿型魔物《モンスター》だ。

わりとどこにでもいて、駆け出しの冒険者に討伐依頼が出されることもあるようなヤツらだが、簡単な道具や武器も使う上に悪知恵があったりする。

特に、このような群体で巣を形成している場合は、警戒が必要だ。

この数になると、普段の重装を帯びた俺でも突っ込むのを躊躇《ちゅうちょ》するレベルの『危険な相手』となる。

「さすがサランと言いたいところだが……シャレになってねぇぞ、これは」

そう独《ひと》り言《ご》ちて、静かにその場を離れる。

これは早いところ、他の二ヶ所も確認してしまった方がいいな。

サランのヤツがどんな絵図を描いてるのか、何が見えているのかは、バカな俺にはわからない。

しかし、俺の持ち帰る情報があれば、サランはより正確なプランを示してくれるはずだ。

「二ヶ所目、行くか……！」

少しだけ気合を込めて、俺は森の中を高速で駆けた。

◆

「なるほど。ご苦労様でした、ユルグ」

「んで？　お前には何が見えてんだ、サラン」

日が沈む直前に報告を届けた俺を、形ばかりに労《ねぎら》ったサランが地図を凝視する。

俺の質問を無視したまま、細く不健康な指先を地図上で行き来させて小さくため息を吐き出す。

周りには元『シルハスタ』のメンバーが勢揃いし、村長も固唾《かたず》を呑《の》んでサランを見ていた。

「結論から言いましょう。時間が必要です」

「どんくらいだ？」

「欲を言えば半年と言いたいところですが、可能なら三ヶ月。最低一ヶ月ですね」

視線を地図から離し、こちらを冷めた視線で見据えるサラン。

人間味が足りない風だが、こうして投げ出さずに解決策を真面目《まじめ》に考えてくれるあたり、無理難題を吹っかけてくる貴族連中に比べたら人間らしさがある。

「プランを聞かせてもらおうか」

どかっと椅子に腰を下ろす俺に、サランが小さく口角を上げる。

こいつがこういう仕草を見せる時は、面倒で厄介なことを考えてる時だ。

「その前にこの村の住民……村長さんとロロ、ユルグに尋ねます。この村を捨てる気はありますか？」

「それは、どういうことじゃろうか……？」

恐る恐るという感じで、村長が問いかける。

俺も、意図が掴《つか》めずにロロと視線を交わした。

「文字通りの意味です。はっきりと申し上げますが、このままでいれば遠からずマルハスは滅びます。それはもう、あっさりとね。ユルグが持ち帰った情報を精査した結果、今この場所に人の領域として存在していること自体が奇跡みたいなものです」

地図を指して、サランが告げる。

「一般的な『壊滅危機』とされる魔物《モンスター》が三種類。状況が二つ。それに加えて、大暴走《スタンピード》を誘発させかねない〝手負い《スカー》〟。運が悪ければ、今夜にだって地図上からなくなりますよ、この村は」

サランの物言いにカチンときたが、こいつがこのように断言するのならそうなのだろう。

俺にしても、その証拠をこの目で見てきたわけなので、文句のつけようがない。

だが、このように投げ出されては気が収まらないのも確かだ。

「それをどうにかしてくれっつってんだろうがよ！」

「ええ、どうにかすると言っているんです。ただ、そのためにはこの牧歌的な村を変える必要があります」

「あ？」

「フィミアさんに伺いましたが、ここには展開型の結界が五つも設置されているとか」

サランの言葉に、黙っていたフィミアが小さく頷《うなず》く。

「このような僻地《へきち》には似つかわしくない設備です。しかも、結界が切れていてもそれなりに安全に生活できていた。森に棲《す》む魔物《モンスター》に、何らかの警戒がされていたということです」

「話が回りくどいんだが？」

「ユルグ、頭の悪いフリはほどほどにした方がいい。私の言いたいことはわかっているでしょう？」

理解はできるが、それを村の連中が受け入れることができるかってのは別問題だ。

だが、俺がうっすら考えていたことをコイツなら実現可能なところまで持っていくことができる。

「ごめん、ボクにはわからないや。サラン、どうすれば村を守れるの？」

「ここを開拓都市にします」

サランの言葉に、ロロと村長があんぐりと口を開けて固まる。

そんな二人に向けて、サランがすらすらとプランを口にする。

「豊富な森林資源、生息する大量の魔物《モンスター》、それに古代の迷宮《ダンジョン》らしきものもユルグが見つけてきました。酪農都市《ヒルテ》が近いので食料問題も解決できます。その事実を以《もっ》て、ここを未踏破地域の探索拠点都市として再開拓することを王会議に具申するのが私の対策プランです」

言い切ったサランに、村長は固まったまま。

代わりに、ロロが当たり前の疑問を口にした。

「でも、そんなことって可能なの？」

「無論です。私はゾラーク伯爵家の人間であり、国選パーティ『シルハスタ』の参謀ですよ？」

不敵に口角を上げたサランが、俺達に告げる。

「いいですか？　権力とはこのようにして使うものです。あとは……マルハスの皆さんがそれを受け入れられるか、だけです」

◆

サランの示した計画はひどく大掛かりで、かつ根本的だった。

つまり、このマルハスという辺境の村を未踏破地域狙いの開拓都市に変えてしまおうという話だ。

あの男曰く、『ちょうどいい』のだという。

このマルハスはもともと、未踏破地域の調査拠点跡地にできた村だ。

元調査拠点として強力で広大な安全地帯が構築されてはいたが、未踏破地域に隣接するために住むには向かない辺境……そこに、流れ者が居ついてできたのがこの村である。

そこを本来の目的——未踏破地域の開拓と資源化を目的とする都市にテコ入れするのが、サランの計画だった。

大掛かりすぎて混乱してしまいそうだが、サラン曰く大陸東部で似た事例があり、そこは『探索都市ヤージェ』という名前で結構栄えているらしい。

前例、必要性、話題性で以て、サランは『実績』を作ろうとしているわけだ。

俺達の故郷が抱える問題を自分の手柄に変えようとするあたり、なかなか強《したた》かだが……実現可能であるなら悪くない落としどころだとも思う。

ただ、マルハス《ここ》は何もかもが変わってしまうことになる。

「王国としては大暴走《スタンピード》で酪農都市《ヒルテ》に損害を出すわけにはいきませんし、未踏破地域を踏破できれば国土が広がります。将来この村の先に村や町ができれば、さらにここは発展するでしょう」

「わしらは、どうなるんですかい？」

「順応していただくしかありませんね。開拓都市として機能すれば、王国から駐在官が派遣されます。つまり、あなたは村長ではなくなります」

歯に衣着せぬ言葉に、村長が愕然《がくぜん》とした様子を見せる。

「他の村民の方もそうです。これまでは未踏破地域の恵みで細々と商売していたのでしょうが、大人数の冒険者、武装商人、学者などが未踏破地域を『踏破』して、これまでのようにはそれに頼れなくなります。多くの方が生活スタイルの変更を迫られることになります」

「そ、そんな……」

「多数の犠牲を出して近日中に滅びるか、今のマルハスを捨てて私の案を受け入れるか。二つに一つです」

突き放した言い方だが、サランの言っていることは間違っちゃいない。

いくら結界があるとは言っても、早々に手を打たなければマルハスは近く魔物《モンスター》によって滅ぼされるだろう。

俺が小銭稼ぎに叩《たた》いた灰色背熊《グレイバックベア》ですら、村に入られれば終わりだ。

そして、未踏破地域にはあれを浅層に押し出すような危険な魔物《モンスター》がうようよいる。

「じゃ、じゃあその案でいいじゃないか！　僕らは冒険都市《アドバンテ》に帰ろう！　ここにいる理由なんてないじゃないか！」

静まり返る中、アルバートがそうわめきたてながら俺達を見る。

ここまで来て何の役にも立っていないヤツが、何で仕切ろうとしてんだ。

いい加減にしないと――

「賛成です。ですが、あなた一人で帰ってください」

「え？」

サランの冷たく静かな声が、アルバートを刺す。

俺が言おうとしたセリフを横からかっさらうなんて、サランのヤツもやってくれるじゃないか。

言われたアルバートはすっかり固まっちまったけど。

「どういうことだ、サラン！　僕達は国選パーティなんだぞ？　冒険都市《アドバンテ》に帰らなくては――」

「追加メンバーもいない『シルハスタ』では冒険都市《アドバンテ》に帰ってもできることがありません。逆に、私はここでやるべきことがまだ残っています」

「なら、僕も……」

「いえ、ここについてからあなたは何もしなかったし、何もできなかった。それならば、冒険都市《アドバンテ》に帰ってもらった方がマシです」

おいおい、どうなってんだ？

サランのヤツ、いくら何でも突き放しすぎじゃねぇか？

なんだかこっちまで毒気を抜かれちまったよ。

「僕は『シルハスタ』のリーダーだぞ⁉　パーティの方針は僕が決める！」

「そうですか。では、私はここで抜けさせていただきます」

「――え？」

サランの返しに、アルバートが唖然《あぜん》として固まる。

俺も……いや、誰もこの状況について行けずに黙ってしまった。

「サラン？　どういう、意味で……」

「そのままの意味ですよ、アルバート。私の仕事は聞き分けのない子供のお守ではありません。一つでも多くの功績を積み上げて、王国の臣として、そしてゾラーク伯爵家の男として名を上げることです」

目を細めて、アルバートに向き直るサラン。

こういうところ、ロロとは別の意味で芯《しん》が確かなんだよな、こいつ。

圧倒的な実利主義と言えばいいだろうか、まさに貴族子息といった感じ。

冒険者をしているのだって、国選パーティとなって名を上げることだけがこいつの目的だった。

実績と名誉の一点集中型。人間性を投げ捨てた知性と理性。

本当に、ちょっとばかりおかしいんじゃないかとすら思う。

「ユルグ」

「お、おう……」

「暫定ですが、私もあなたのパーティである『メルシア』に加入します。よろしいですね？」

「わかった」

有無を言わせぬこの感じ。ちょっと苦手なんだよなぁ。

まあ、奇《く》しくも俺が望んだ通りの形になりそうなわけだが。

「ぼ、僕はどうしたらいいんだよ⁉」

「仮にも国選パーティのリーダーでしょう？　ご自分でお考えなさい」

「そんなバカな話があるか！」

憤慨するアルバートから興味なさげに視線を逸《そ》らし、こちらに向き直るサラン。

「ユルグ。こうなったからには、責任を取ってもらいますよ」

「俺に何の責任があるってんだ……！」

「私に期待させた責任です。『メルシア』を国選パーティに引き上げ、この難事の解決で以て、王国上層に食いつきます」

細めた瞳に冷えた野心を光らせて、サランが静かに笑う。

ま、こういうヤツだから逆に信用できるのだが。

俺が結果を出している限り、こいつは力と知恵を貸してくれる。

「さて、村長さん」

「は、はい」

「私は一旦《いったん》失礼しますが、村の皆さんでよく話し合ってください。できるだけ早く、お返事いただければそれだけ助かる確率も上がりますよ」

貴族らしく、会釈もせずに村長宅を出ていくサラン。

その後に、村長も続く。おそらく、村の面々に声をかけて回るのだろう。

そんな二人の背中を黙って見送ったアルバートが、突然こちらを向いて絶叫した。

「なんで……なんでなんだよ！　お前らのせいだぞ！」

「おいおい、責任を俺達に擦《なす》るなよ」

「ユルグ、お前が抜けたからだ！　お前のせいで全部おかしくなった！」

情けない。

こんなヤツをリーダーに据えていた、俺が情けない。

「『シルハスタ』は国選パーティになったんだぞ？　国の代表だ！　勝手は許さないぞ、ユルグ！」

「何言ってんだ、お前が好き勝手やったからだろうが！　思い通りにならねぇからってわめくんじゃねぇッ！」

「……ッ」

俺の怒声にビビったのか、怯《おび》えた顔つきで尻餅《しりもち》をつくアルバート。

思えば、こいつのわがままはいつもパーティに不和をもたらし、時には危機すら誘った。

いっそ、ここで始末しておくべきか？

「ダメだよ、ユルグ」

「まだ何もしてねぇだろ？」

「殺気が漏れすぎだってば。ボクもちょっと怖いよ」

困り顔のロロに、俺は小さくため息を吐《つ》く。

「お前も思うところあんだろ？」

「少しはね。でも、もういいんだ」

小さく笑って、俺の背中をパシンと叩くロロ。

こいつにしてはなんだか珍しい仕草。

「ユルグが一緒だからね」

「そういうもんか？」

「そういうものなの。だからさ、アルバート……悪いんだけど、ユルグのことは諦《あきら》めてくれない？」

アルバートが視線を右往左往させながら、俺とロロ、それからフィミアを見る。

まるで、救いを求めるかのように。

「フィ、フィミアは……わかってくれるよね？」

「ごめんなさい、アルバートさん」

俺の隣で、首を横に振るフィミア。

拒否の言葉を口にしてるのに、妙に満ち足りたツラをしてるのは何でだ？

どうも最近、フィミアの挙動が不審だ。

「なんなんだよ！　なんで、みんな……！」

「それがわかんねぇから、テメェはダメなんだ。……失《う》せろ。今ならサービスで殺さないでおいてやる」

飛び起きるようにして立ち上がったアルバートが、よくわからない恨み言を吐きながら扉から出て行く。それはもう、すごい勢いで。

このまま、村から出ていってくれれば最高なんだがな。

「さて、話はついた。あとは……どうなるかだな」

「うん。とりあえず、村長が戻ってくるのを待とう」

そう口にするロロの肩を軽く叩いて、俺は扉に向かう。

「俺がいちゃまとまる話もまとまらねぇ。見張りに戻るぜ」

「ちょっと、ユルグ」

「後は任せた」

軽く手を振って、俺はそそくさと村長宅を後にした。

◆

小雨がぱらつく中、村の住民を集めた話し合いは深夜にまで及んだ。

俺はというと、野営地点で悠々自適にコーヒーなど飲んでいたわけだが。

そんな俺の許《もと》に、珍しい客が姿を現した。

「いい豆ですね。もしかして、トネリコ商会で購入したものですか？」

「そうだが……いや、何でお前がここにいんだよ？」

「あなたと少し話をしたいと思いましてね」

俺の差し出した安物のカップを受け取って、許可もないのに切り株に腰かけるサラン。お気に入りの椅子を奪いやがって。

「それで？　何の話だ」

「ユルグ、仕官するつもりはありませんか？」

「……は？」

あまりに意味不明なことを言うものだから、うっかりコーヒーを噴くところだった。

いきなり何を言い出すんだ、コイツは。

「もしかしてさっきの話と関係あんのかよ？」

「ええ。ここを開拓都市化するとなれば、冒険者の指揮を執る人間が必要になります。おそらく、冒険者ギルドのマスターということになるでしょうが、そこにあなたを据えることができればいいと思いまして」

「仮にそれに応えたとして、俺にそれが務まると思ってんのか？」

「相応《ふさわ》しいと思っていますが？」

意外な答えに、頭が混乱する。

どうにも、こいつが何を考えているのかわからない。

いや、いつも何考えてるかわかんないヤツではあるのだが。

「そういうのは、ロロが向いてるんじゃねぇか？」

「アリと言えばアリですが、開拓都市のギルドマスターとしては些《いささ》か迫力に欠けます。ある程度、暴力でモノを解決できる人材が最適なんですよ」

遠回しに馬鹿にされてる気がしないでもないが、言わんとすることはわかる。

冒険者による新たな開拓都市となれば、集まってくるのはお行儀のいい連中ばかりではない。

そういうバカども相手なら、俺のような乱暴者の方が睨《にら》みが利くだろう。

かといって、これに「おう」とは返事できないが。

「御免被る。俺は冒険者でいたいんだよ」

「フッ、聞いてみただけです。それにあなたには国選パーティのリーダーとして働いてもらわないといけませんしね」

「あー……それ、マジで言ってんのか?」

「もちろん。アルバートは少しばかり、愚かが過ぎました」

お前があいつを推したんだろうが。

まったく、簡単に切りやがって。怖いったらねえよ。

「あなたの考えていることはわかりますよ。私のミスだったと認めましょう」

「じゃあ聞かせてくれよ、何であいつが『シルハスタ』のリーダーだったんだ?」

「そこそこに顔がよく、そこそこに自己承認欲求もあり、何より私がコントロールしやすいと考えたからです」

「できてなくね? コントロール」

コーヒーを一口飲んで、サランが黙って頷《うなず》く。

「……もしかして、ちょっと落ち込んでんのか？」

「実は。途中までうまくいってたんですけどね。予想外でした」

「ま、まぁ……人間、失敗もある。俺が言えたもんじゃねぇけどな」

「そういう反省点を活《い》かして、次はあなたというわけです」

反省点が活かせてない気がするけどな。

俺なら、ロロを推す。あいつなら、絶対にうまくやるぞ。

ツラもいいし、思いやりがあるし、強い。

「っていうか、お前がやればいいじゃねぇか。リーダー」

「私じゃダメなんですよ。分かっているでしょう？　ユルグ」

平坦《へいたん》な声で、目を細めるサラン。

「私は情動に乏しく、成果と実績だけを尊ぶ人間です。人の上に立てる人材ではない」

「わかってんなら、どうにかしろよ。頭いいんだから」

「知識があることと、心に聡《さと》いことはイコールではありません。いわば、私は欠陥人間なんですよ」

「変に卑下するのはやめろ。お前らしくもねぇ」

俺のため息まじりの苦言に、サランが珍しく表情を変える。

そして、細い目をさらに細めて……驚いたことに少し笑った。

「いいコーヒーのせいでしょうか。少しだけ、あなたのことがわかりました」

「あん？」

「ロロ・メルシアやフィミア・レーカースが、あなたを好く理由ですよ」

よくわからないことを言うサランに、首を傾《かし》げる。

さて……こんなことを口にするヤツだったか？　サラン・ゾラークという男は。

こんなに穏やかな空気を纏《まと》った参謀役を見たのは、初めてだぞ？

「ま、しばらくは俺がリーダーをするさ。表立っては、な。だが、基本的な方針はロロやお前に任せるしかねぇ。なんてったって、俺はバカだからな」

「前から気になっていたのですが……」

眼鏡《めがね》を押し上げながら、サランが俺を見る。

「どうしてあなたは、頭の悪いふりをするんです？」

「ふりもなにも、事実だろうがよ」

「学がないという話ではないですよ？　あなたは人の話を注意深くよく聞くし、それを実践できる。仲間をただの人材としか見ていない私からしても、あなたは『頭のいい』部類の人間です」

「んなこと、初めて言われたけどな」

突然の褒め言葉にむずがゆくなって、俺は軽く頭をかく。

いまだに読み書きも怪しいし、魔法も使えない俺が『頭がいい』だと？

賢いヤツの言うことは、逆に何もわからん。

「リーダーをするのは、いい経験になるはずですよ。私が設計する国選パーティの道筋としては、ちょうどいい」

「よしよし、調子が戻ってきたな参謀野郎。その調子でうまいことやってくれ。……俺はここを守りたいんだ」

「ずいぶんと村の人に嫌われているのにですか？」

「何で知ってる？」

指を振りながら、サランがカップを干す。

やることがいちいちキザで、しかも様になっているのがムカつく。

「現地での情報収集は基本です。それにしたって、嫌われすぎだと思いますが」

「村の連中にとっちゃ、森から飛び出してきた魔物《モンスター》と認識は変わらねぇよ。それでも、守りたいもんがある」

「なるほど。そうなると、やはり村の皆さんには決断してもらわないといけませんね」

森の奥を見やりながら、サランが告げる。

雨雲で月明かりすらない夜の森。

その闇の中から、何が飛び出すのか……そしていつ飛び出すのか、まったく予想がつかない。

俺がここに陣取っていたところで、稼げる時間はわずかだ。

「コーヒー、ありがとうございました」

「おう。また飲みに来い」

俺の言葉に、サランが小さく噴き出す。

「ええ、またお願いしますよ。ユルグ」

妙に上機嫌で去っていく参謀殿の背中を見送って、俺は首を傾げながら切り株に座り込んだ。

第Ⅲ章　開拓都市マルハス

1．参謀役の甘言

——翌朝。

決断はなされた。

住民のほとんどが、サランの案を支持したからだ。

まあ、意外でもなんでもない。

死ぬかどうかと聞かれて「はい、死にます」と答えるヤツはいないだろう。

まるで選択肢があるようにふるまっちゃいたが、最初からそんなものなかったのだ。

もちろん、一部で反対意見もあったが。

例えば、村長の息子……つまり、次期村長であるケントがその筆頭だ。

とはいえ、村長にしたって領主が特別に任命したわけではなく、ただ面倒がなかったから村長を任されていただけなわけで、都市として整備されれば席がなくなるのは仕方のないことだ。

そもそも、村民の命が懸かってるのに村長の椅子が惜しいから反対するなんて、コミュニティの長《おさ》に端《はな》から向いちゃいない。

「それでは、最初の仕事です」

俺達を集めたサランが無表情で告げる。

「私達『メルシア』全員で、まず酪農都市《ヒルテ》に向かいます」

「村の守りはいいのかよ？」

「フィミアさんの結界が機能している間は大丈夫です。あれを破れる魔物《モンスター》が襲撃してくるようなら、我々がいたところでどうにもなりません。それに、すでにいくつかの手は打っておきました」

サランが視線を村の端に立つ冒険者風の男達に向けて、説明を続ける。

「同行してもらった冒険者と傭兵《ようへい》をここに残します。傭兵たちは私の護衛でゾラーク家子飼いの者達ですので腕が立ちますし、要人警護のエキスパートなので撤退戦に長《た》けています」

「なるほど。んで？　全員で酪農都市《ヒルテ》に行く理由は？」

「ヒルテ子爵に顔と話を通しておきます。ここはヒルテ子爵領ですからね」

そう言われて初めて、俺はここがどこであるか思い至った。

俺のような冒険者がふらふらと散発的に防衛するわけではないのだ。

大掛かりな開発をするのなら、持ち主の許可がいる。

「あちらも領内に魔物《モンスター》を溢《あふ》れさせるわけにはいかないでしょうから」

「それなら、貴族であるあなたが向かうだけでもいいのではないですか？」

フィミアの言葉に、サランが小さく首を振る。

これは「わかってねぇな、こいつ」の仕草だ。

それなりに付き合いが長いからわかる。

「説得力を持たせる必要があります。あいにく、私達は『シルハスタ』という国選パーティの看板を失いましたので、それに代わる看板を掲げねばなりません」

「それで、ユルグとわたくし……ということですか？」

「ロロもです。ロロ・メルシアは〝妙幻自在〟の二つ名を持つ、市井《しせい》で人気の冒険者ですからね」

突然に名を出されて、驚いた顔をするロロ。

なるほど、読めてきた。

『字持ち《ネームド》』の冒険者を三人も連れた識者が、未踏破地域の動向と魔物《モンスター》の対策について「提案がある」などと言えば、ヒルテ領主はその重大さを認識するだろう。

しかも、相手は王国内部で覚えめでたい学者でもある、サラン・ゾラーク伯爵子息だ。

各種の調査記録にだって、箔《はく》と信用が付く。

権威を前面に押し出して、時短で押し切ろうってワケか。

あまり好きじゃないやり方だが、サランらしいとも思う。

こいつのことだ、すでに多方面にも仕込みをしているに違いない。

そのくらいでないと、アルバート《あのバカ》をリーダーにしたパーティを国選になんてできやしないだろうしな。

「他に質問は？」

「えっと、他にやることは？」

「いい心掛けですが、やるべきタイミングでやるべき仕事をお願いすることになります。しばらくは馬車馬のように働いてもらいますよ、ロロ・メルシア」

相変わらずぶっきらぼうかつ慇懃《いんぎん》無礼な物言いだが……動き出せばこいつの指示に従うのが早くて確実なのはわかっている。

今は、信じて従うしかない。

「それでは、参りましょう。……おっと、こういう音頭はリーダーがとるものでしたか？」

「言ってから振るんじゃねぇよ、まったく」

ため息を吐《つ》きつつ、俺は手を打って仲間達に向き直る。

「そういうことらしいから、まずは酪農都市《ヒルテ》へ急ぐぞ。馬とグレグレの準備は整ってる。時間勝負だ……馬にロロの強化魔法とフィミアの回復魔法を使って一日で走り切る。みんな、よろしく頼むぜ」

全員が頷《うなず》き……それからロロが小さく噴き出す。

「なんだよ、ロロ」

「ううん。ユルグったら、なんだかんだ文句を言いながら『ちゃんとリーダー』してるなって」

ロロの言葉にフィミアも噴き出し、サランも顔を逸《そ》らした。

……お前ら、後で覚えとけよ。

◆

先触れもなかったというのに、ヒルテ子爵との面会はかなりスムーズに行われた。

これについても、ある程度はサランが手を打っていたのだろう。

「打診はこれからですが、マルハスを未踏破地域の開拓拠点として開発したいのです」

「しかし。前例が……」

「前例はあります。大陸の東にヤージェという町があるのをご存じですか？」

サランの冷静な言葉が、渋るヒルテ子爵を追い詰めていく。

王国東端の片田舎《かたいなか》を統治するドンサ・ヒルテ子爵は、治めている土地と同じような素朴な気性らしく、さっきから都会出身の陰険眼鏡《めがね》に圧《お》し込《こ》まれ続けている。

「探索都市と呼ばれるそこは、冒険者の大流入で税収が大きく増加したそうです。さらに、周辺で獲れる産物によってかなり潤っているとか」

「ほ、ほう……！」

「特筆すべき点は、そのおかげで荒野の真ん中に『大陸横断鉄道』の駅が設置されたことです」

サランの言葉に、ヒルテ子爵の顔つきが徐々に変わる。

「あの『大陸横断鉄道』がかね……！」

「はい。現在は隣国まで行かねばアレに乗ることはできませんが、未踏破地域の開拓が成されれば我がサルディン王国にまで路線が延びる可能性があります」

あーあー……悪《わ》っるい顔してやがる。

あながち嘘ってわけじゃあないだろうが、あの危険極まる未踏破地域を切り開いてどうこうって話になれば、百年じゃきかない可能性だってあるのに、よくもそんなうまい話を皿の上に載せられたもんだ。

ふと隣を見ると、ロロが俺と同じ顔をしていた。

やっぱり、そういう顔になるよな。フィミアはすました顔でニコニコしているが。

「――そして、我が国で最初の駅ができるのは……このヒルテ領になるんでしょうね」

まるで女を口説くように、うまい話を積み重ねていくサラン。

そして、口説かれた女のように顔を蕩《とろ》けさせるヒルテ子爵。

……話は決まったな。

「わかりました。この件、このドンサが全面的に許可と協力をいたしましょう。我が領の領民と発展のためですからな」

「ええ。是非我々にそれをお手伝いさせてください。『メルシア』はまだ無名ではございますが、構成メンバーはいずれも冒険都市《アドバンテ》では知らぬ者がいない二つ名持ちの冒険者です。彼らを追って多くの冒険者が未踏破地域の危険を越えてゆくでしょう」

「それは頼もしい！　ははは！」

上機嫌に笑うヒルテ子爵に、少しばかりげんなりする。

それにしたってサランめ、うまいこと俺達を使いやがる。

「それでは、合意を得たということで。父を通してすぐに王会議で取り上げさせていただきます。なに、すぐに動き出しますよ。ですので……」

「わかっておりますとも！　すぐにこちらでマルハスに人を派遣しましょう。必要なことがあればこのドンサにすぐお知らせください」

「ご協力、いたみいります。では、今日のところはこれで」

貴族の礼をとったサランが椅子から立ち上がってこちらを見る。

それに従って、俺達も席を立った。

人生で最も無駄な時間の使い方だった気がする。

「それでは、参りましょう。次は冒険者ギルドと商会ギルド、それに大工ギルドを回りますよ」

領主の委任状をひらひらさせながら、陰険眼鏡が小さく口角を吊り上げた。

◆

ヒルテ子爵との面会を終えた俺達は、酪農都市《ヒルテ》中を走り回った。

冒険者ギルド、商会ギルド、大工ギルド、それに付随する関係各所も含めて、十数ヶ所を回り……ヒルテ子爵同様に『甘い未来への展望と、今そこにある危機』を振りかざして、大量の資材や人材をマルハスに集中する段取りを取り付けていったのだ。

「わたくし、もう……歩けません」

「回復魔法はどうした？」

「魔力も尽きかけですよ……」

「ほら、しっかりしろ」

ふらふらと歩くフィミアの細い腰を抱く。

普段なら役得と喜んだかもしれないが、俺にしたって疲労感が強い。

なんで、サランのヤツは平気なんだろう。

「いけないわ、ユルグ。ロロきゅ……ロロさんに悪いわ」

「ぶっ倒れそうなヤツが言う言葉か」

まぁ、言わんとすることはわかる。

他の男に触れられるなど、ロロにとってもフィミアにとってもいい気持ちではないだろう。

とはいえ、隣を歩くロロもそろそろ限界のようだ。

もう口数が減りすぎて、さっきから一言も発していない。

パーティ全体が憔悴《しょうすい》状態だ。

『シルハスタ』で冒険してた時だって、ここまで消耗したことは少ない。

魔物《モンスター》よりもサランの方が手強《てごわ》いなんて、予想外だった。

「ふむ。こんなものでしょうか」

穀倉管理組合から出てきたサランがようやく待っていた言葉を口にする。

すっかり日は傾いて、もう夕日が山の陰に隠れるところだ。

「宿に一泊して、明日の朝出ましょう。この状態では、野営するわけにもいきませんしね」

「まったく、誰のせいだと思っている」

「言ったでしょう？　これは時間との戦いなんです。いくつものプランを並行して進めなければ追いつきません」

目を細めながら、サランが小さく……しかし、長いため息を吐く。

なんだ、てめぇも疲れてんじゃねぇか。

やせ我慢でよくやる。

「そういえば、アルバートはどうしたんだろう？」

「興味ありませんね。マルハスで見かけませんでしたし、冒険都市《アドバンテ》へ帰ったのでは？」

あまりの冷たさに、さすがに俺もアルバートを哀れに感じる。

そりゃ、俺とてアイツのことは嫌いだが、これで八年も一緒にやってきたんだ。

せめて、もう少しくらい興味を持ってもよくないだろうか。

「では、ユルグ。宿を決めてください」

「俺が？」

「ええ、あなたが」

急に話を振られて、少しばかり詰まる。

せっかく酪農都市《ヒルテ》の宿に泊まるなら、飯の美味《うま》いところがいい。

冷えた麦酒《エール》を出すところなら、なおいい。

加えて、俺達はくたくたで汗と砂埃《すなぼこり》にまみれている。

最低でも湯桶《ゆおけ》の提供があるところで、欲を言えば浴場が併設してるところがいい。

「大通りからちょっと遠いが、いい宿がある。値段は張るがセキュリティもしっかりしてて、飯も美味い。それでもって、風呂《ふろ》付き。……どうだ？」

「あ、『ホテル・マドレーナ』だね？」

ロロがぴんときた顔で笑顔を見せる。

この辺りでは有名な高級ホテルだが……たまの贅沢《ぜいたく》には金をかけないとな。

「では、参りましょう。そろそろフィミアさんが限界のようです」

「んだな。ロロ、担いでやれ」

俺達の視線の先では、すっかりとよれよれになった〝聖女〟が、ぐんにゃりと石畳にへたり込んでいた。

◆

「なんだかすごいことになっちゃったねー」

「ああ。頭の悪い俺には何が起こってんのか、もうさっぱりわかんねぇよ……」

ロロの髪を石鹸《せっけん》で泡立てながら、俺はため息を吐く。

サランの案に乗ったはいいが、この調子だと冒険者らしからぬ死に方をしそうだ。

「かゆいところはございませんかー……と」

「なにそれ。冒険都市《アドバンテ》のサロンみたい」

「こっちにはまともな湯殿すらあんまねぇからな」

とはいえ、こうしてロロの髪を洗ってやるのは何年ぶりだろうか。

昔──まだ、マルハスにいた頃──は、おばさんに頼まれてよくこいつの髪を洗ってた。

アドバンテに居ついてからは、冒険者ギルドの優待でヘアサロンに行くことも多くなって洗ってやることもなくなったが。

「こうしてっと、昔を思い出すな」

「そうだね。あとでユルグも洗ってあげるね」

「俺の髪は適当でいいんだよ」

ロロの細く美しい銀の髪はともかく、俺のバサバサした剛毛はそこまで手入れする必要を感じない。

適当に〈清潔《クリーン》〉の魔法でもかけてもらって、臭いさえしなければいいのだ。

「ユルグはすぐにそんなこと言う」

「ただの事実だ。どこもかしこも頑丈にできてんだ、適当でいいんだよ」

泡を流しながら、ロロの髪を梳《す》くようにしてシャワーですすぐ。

湯と水を自由に使えるなんて、さすがは高級ホテル。

いろいろな魔法道具《アーティファクト》でそれを可能にしているらしいが、こういう施設をマルハスにも作れるのだろうか？

「どうしたの？」

「ああ、いや。新しいマルハスにもこういう風呂が欲しいなと思ってよ」

「それ、いい案かも。ユルグの家に作ってもらおうよ」

「おいおい、そのネタいつまで続けんだよ？」

「ネタのつもり、ないんだけどなぁ」

立ち上がったロロが俺の手を取って、すとんと椅子へ座らせる。

油断していたとはいえ、少しばかり驚いた。

対人戦で使う格闘術の応用だろうか、見事な体捌《たいさば》きだった。

「交代。洗ってもらうばっかりじゃ悪いからね」

「俺はいいって」

「ダメだよ。今日はユルグもいっぱい汗かいたんだし」

有無を言わせない感じで、俺の頭に石鹸水をかけるロロ。

ああ、ダメだ。諦《あきら》めるしかない。

まったく、ときどきこうして頑固なんだよな。

「サランに頼んで、豪邸を建ててもらっちゃおうかな。パーティ拠点を兼ねたさ」

「やめろ、サランなら本気にしかねない」

「そのくらい、悪くない案ってことだよ」

背後のロロが、笑いながら俺の頭を泡立てていく。

そういえば、こいつに頭を洗ってもらうのは初めてかもしれない。

ガキの頃は自分で洗ってたし。

「ボクはさ、ユルグの居場所をあそこに作りたいんだ」

「そりゃ、ありがとよ。まあ、豪邸はいらねぇけど気持ちはありがたくもらっとくぜ」

「うん。だから、お風呂場《ふろば》も作ってもらおう。裸の付き合いって大事だしね」

「結局それかよ」

ロロの言葉に軽く笑って返す。

だが、まあ……確かにこういう穏やかな時間を過ごす場所があってもいい。

そんなことを考えながら、俺は心の中で親友に感謝した。

2. 拓《ひら》かれるマルハス

マルハスに戻ってからも俺達は多忙だった。

俺達だけではない、村中が大騒ぎだった。

まず、サランの手筈《てはず》で最初に村に訪れたのは、教会本部から派遣された神官や司祭達だった。

マルハスに設置された祠《ほこら》を新たに再建設し、『五芒《ごぼう》結界』を強化した上で拡張した。

これにより、未踏破地域浅層の一部が安全域となり……次はそこに、ヒルテから派遣された木こりや大工たちが押し寄せた。

……文字通りに、押し寄せたのだ。

その数はマルハスの人口よりも多く、あっという間に森を切り開いて製材所を作り始めた。

何のためか？

これからさらに大量に訪れる人達のために、仮家を拵《こしら》えるためだ。

サランは、人材の到着する順から人数までをきっちりと順序だてているようで、これだけの人間が来てるのに混乱がほとんどない。

しかも、産業として利用可能な薬草の群生地や小川、小さな泉などは開発計画地から除外するという徹底っぷりだ。

あの男は「住民の方には何もかも捨ててもらいます」などと言っておきながら、そういうところには気を遣っているらしい。

たったの数週間で、俺が野営地にしていた周辺には多数の小屋やログハウスが建てられ、かつて村と森の境界線があった場所には三階建ての宿が新設された。

優秀な職人集団による人海戦術がこれほどのものなのだと、思い知らされた気分だ。

「いや、すげぇな。何が起こってんのかさっぱりわからん」

「ボクもだよ。村の大きさが、たったの一ヶ月で三倍になっちゃった」

もはや元のマルハスよりも広くなった新規開拓地を見て、俺とロロは呆《ほう》けるしかなかった。

俺達だけではない。村の連中にしてもそうだろう。

王国中から惜しげもなく投入される人材が、あっという間に生活環境を作り変えてしまったのだ。

これで呆けるなという方が難しい。

「まだまだです。やはり一ヶ月では時間が足りませんでしたが……それでも、ある程度の目途はたったと言っていいでしょう」

ぼんやりと立っていた俺達の背後から、どこか神経質そうな声が上がる。

振り向くと、ひどく顔色の悪いサランが紙の束を抱えて立っていた。

「おい、お前……昨日よりも顔色が悪《わり》ィぞ。ちゃんと寝てんのか？」

「お気遣いなく。適宜にはとっています」

それはうたた寝してるか、もしくは気絶してるかみたいな話じゃなかろうか。

いくら何でも無理をしすぎだ。

「サラン、寝た方がいいよ。倒れちゃったら元も子もないでしょ？」

「それに備えて魔法薬《ポーション》も準備していますし、フィミアさんにも頼んであります。いざとなれば、あなたの強化魔法にも期待していますよ、ロロ」

「そういうことを言ってるんじゃないってば」

ロロが指をすっと振ると、薄青の霧がふわりと広がってサランに降り注いだ。

瞬間、陰険眼鏡《めがね》がふらりとバランスを崩す。

「おっと」

それを受け止めて、ロロを見る。

「いきなり魔法はお行儀がよくないぞ？　ロロ」

「ボクの魔法に抵抗《レジスト》できないくらい弱ってるなら、休まないとダメだと思うけど？」

「なるほど。確かにそうかもな」

やけに軽い痩身《そうしん》の参謀役を肩に担ぎ上げ、どうしたものかと考える。

……俺がマルハスで頼れるのなんて、一人しかいないわけだが。

それを察して、ロロが水を向けてくれる。

「ウチに連れていこう。母さんがいるし、様子を見てくれると思う」

「ああ、そうしよう。ついでに食事も頼もう。おばさんなら無理やりにだってこいつに飯を食わせてくれるだろうし」

「うん。サランはちょっと働きすぎだよ。魔法薬《ポーション》と魔法に頼りすぎで不健康だし」

「だよな。ちゃんと飯を食って、しっかり寝ないと人間はダメになる」

こいつにも計画があるんだろうが、ここぞという時に倒れられるわけにはいかない。

フィミアの治癒魔法や元気が出る魔法薬《ポーション》にしたって、限度がある。

食事も休息とらずに生きていけるほど、人間の身体《からだ》は頑丈にできていないのだ。

「よっと……」

ぐったりとした様子で眠るサランを肩に担いで、『新市街』と仮に呼ばれている居住区域から、マルハスの中へと足を運ぶ。

そのまま、真っすぐに俺達はメルシア家へと向かった。

「あれまぁ、ユルグが人をさらってきた」

「人聞きの悪いことを。ちょっと休ませてやってくんねぇか、コイツ」

「ゾラークさんじゃないか。どうしたんだい？」

青白い顔で眠るサランを見て、おばさんが少し驚く。

サランはこれでマルハスの連中とはうまくやっているようで、〝悪たれ〟の俺よりもずっと村の連中の覚えがいい。

ロロの母親ということで、おばさんとも面識がある。

「仕事のしすぎでぶっ倒れたんだ。ベッドと毛布と、それからスープがいる」

「そうかい。じゃあ、ロロの部屋に寝かせておあげ。起きたら食事をしてもらうよ」

「ああ、頼むよ」

おばさんに頷《うなず》いて、勝手知ったるメルシア家の中を進む。

そして、ロロの部屋のベッドにサランをそっと放り込んだ。

魔法の眠りなので多少のことで起きやしないと思うが、念のためだ。

眼鏡も外しておく。寝返りを打って壊れたりしたら事だからな。

「やれやれ。やりすぎなんだよ、コイツは」

「そうだね。でも、きっと楽しいんじゃないかな」

「楽しい？」

その発想がなくて、俺は軽く首を傾《かし》げる。

こんなになるまで消耗するのが、楽しいとはどういうことだ？

「サランはさ、いつも他人事《ひとごと》じゃない？」

「まあ、言いたいことはわかる」

サランという男は、思考のベクトルが俺達と違う。

最初は貴族特有のものかと思っていたが、いろんな人間と付き合う内に、どうもこの男だけがズレてるということがわかった。

成果ある結果とそれに伴う栄光だけがコイツの目的で、それ以外は些事《さじ》であるかのようにふるまうのだ。

「ボクの勝手な思い込みだけど、サランは王様に向いてるんだよ」

「おいおい、不敬罪で首が吹っ飛ぶぞ」

「そうかも。でも、ちょっとだけそう思っちゃうんだ」

ロロが柔らかに笑いながら、寝息を立てる参謀役を見やる。

「大きな結果をもたらす道筋が見えていて、それが可能な状況があって、それを成し遂げられる人材——つまりボクらのことだけど、それがいる。サランにとってこれは、きっと楽しくて楽しくて、寝るのが惜しいほどの時間なんだよ」

「なら、長く楽しめるように体調管理くらいしっかりしてほしいもんだけどな」

「ふふ、同感」

我らが王は、少し働きすぎだ。

確かにマルハスを守れと、がなったのは俺だが、ぶっ倒れるまで働くと思わなかった。

「とりあえず、サランには休んでもらって、ボクたちは任された仕事をこなそう」

「ああ。明後日には、各都市の冒険者ギルドに開拓都市の公示もされる。今のうちに、やれることをやっておこう」

サランが寝ていたって、やることはいくらでもある。

ここは、これから東部随一の開拓都市へと変わっていくのだ。

まだまだ忙しい日は終わらない。

「誰か、助けてくれ！」

幼馴染《おさななじみ》と二人、部屋から出ようとしたところで外から誰か叫ぶ声が聞こえた。

飛び出したロロが、混乱した様子の男に声をかける。

「セドリックさん？　どうしたんです？」

「うちの倅《せがれ》が……ロッゾが魔物《モンスター》にさらわれちまった！」

その声に、ロロの代わりに俺が返答する。

「俺たちが行く！　念のため冒険者ギルドにも報《しら》せといてくれ！」

◆

ロロの家を飛び出した俺達は、マルハスの中を駆け抜けて新市街へ向かう。

あいにく全身鎧《よろい》を着けている時間はなかったが、得物一つあればとりあえずはいい。

「子供をさらうってことは、猿人《ボルグール》だよね」

同じ速度で隣を駆けるロロが、やや不安げな顔を見せる。

「多分な。いくつか巣らしいもんは見つけたが……村のそばで見かけるなんてこたなかったんだがな」

「とにかく急ごう。ひどいことになる前に」

マルハスの村には、開拓事業に従事する人間が随分増えた。

さっきのセドリックは家具職人で、一家でここに来てくれている。

この先のマルハス発展を担う、大切な隣人だ。

で、あれば……俺も冒険者としての仕事をせねばなるまい。

「足跡、あった。かなりの数だよ、これ」

「はぐれじゃなくて、群れでってことかよ……！」

ますますおかしい。

この森で生息している猿人《ボルグール》は、上位種に率いられて深部で集落を築いていた。

こんな冒険者の圧が強い浅層までやってくるなんて迂闊《うかつ》な真似《まね》を起こすとは考えにくい。

連中はあれでそこそこ利口な魔物《モンスター》なのだ。

森の中を全速力で駆けること数分。

独特の獣臭と小さな子供の悲鳴に、目標が近いことを確信した。

「見えたよ、あそこだ」

素早く木の幹に姿を隠しながら、ロロが囁《ささや》いて先を示す。

俺も身を潜めて確認すると、確かにそこには猿人《ボルグール》の一団と、雑に縛られて運ばれる子供の姿があった。

だが、それよりも一匹の猿人《ボルグール》が使役しているらしい魔物《モンスター》の方が問題だった。

「森大鮫蛇《フォレストシャークヘッド》か……！　でかいな」

長い巨体をくねらせるようにする魔物《モンスター》が、猿人《ボルグール》を乗せてゆっくりと進んでいる。

『森大鮫蛇《フォレストシャークヘッド》』という名のコイツは、その名の通り鮫《さめ》の頭を持った体長十メートルを超える巨大な蛇で、当然のように肉食。

つまり、正真正銘の人を喰うバケモノだ。

「猿人《ボルグール》は十匹。うち一匹は上猿人《ハイ・ボルグール》で魔物使《テイマー》いみたいだね」

「略奪旅団か……！」

猿人《ボルグール》というのは、少しばかりの集団なら烏合《うごう》の衆だが、高位個体に率いられると途端に社会性を発揮し始める。

略奪旅団というのは、いわば人里を襲うために組織された先兵であり、つまるところ猿人《ボルグール》による組織的侵略の前触れでもある。

人目のあるところでわざわざ子供をさらったのも、何か邪《よこしま》な理由があってのことだろう。

……まぁ、やらせんがな。

「森大鮫蛇《フォレストシャークヘッド》が面倒だな」

「ボクら二人ならいけるよ」

「違いねぇ」

頷き合って、猿人《ボルグール》の一団を挟み込むようにして駆ける。

「……先に行くよ」

確認じみた小さな囁き声と同時に、小剣《ショートソード》を抜いたロロが高速で森を駆ける。

多分、俺よりもずっと速い。

夜の森を羽ばたく梟《ふくろう》を彷彿《ほうふつ》とさせる鋭い飛び込み斬り。

まるで演武のような鮮やかな回転斬りで、あっという間に二匹の猿人《ボルグール》の首を刎《は》ねてしまった。

「ギッギギギキィ！」

先頭の図体《ずうたい》がデカい上猿人《ハイ・ボルグール》が何か声を上げるが、遅い。

俺はともかく、本気になったロロに対するには油断が過ぎるというものだ。

「俺もいるぞ、オラァ！」

戦叫《ウオークライ》を派手に上げて、猿人《ボルグール》の注意を逸《そ》らす。

俺のようにデカい声のヤツが殺気を放てば、そりゃあ驚きもするだろうさ。

その隙を逃すような相棒《ロロ》じゃないがな。

「無事だね？　うん、怖かったね」

そんな優しげな声を子供にかけながら、精密な動きでさらに一匹の猿人《ボルグール》を葬るロロ。

子供を抱えて跳び退《すさ》りながら、魔法の礫《つぶて》を発射して襲い来る猿人《ボルグール》の頭部を吹き飛ばすロロ。

息を切らさず俺の隣に並び、背後に子供を庇《かば》うロロ。


……ああ、俺の幼馴染はなんておっかねぇんだ。


昔からやると決めたら一切の容赦がないんだよな、コイツ。

「ロッゾ君の安全は確保したし、もう思いっきりやっちゃっていいよ、ユルグ」

「おうよ。とっととぶっ殺して、セドリックを安心させてやらねぇとな」

にやりと笑う俺に、笑みを返す幼馴染。

「うん、早いとこ片付けて村に帰ろう」

冷えた殺気を隠そうともせずに、ロロが静かに小剣《ショートソード》を構える。

その隣で、俺も戦棍《メイス》を担ぎ上げて森大鮫蛇《フォレストシャークヘッド》を睨《にら》みつけた。

「デカブツの締め付けと噛《か》みつきには注意しろよ？　残りの猿人《ボルグール》もな」

「あのデカいのは、ユルグに任せるよ」

指を振って二人分の強化魔法を素早く施しながら、ロロが素早く地面を蹴《け》る。

相変わらずの離れ業に感心しつつ、俺も前方へと駆け出した。

「ギギギッギギ！　ギギギ！」

上猿人《ハイ・ボルグール》が何か指示らしい叫び声を上げる。

おそらくまぁ、「止めろ」とか「殺せ」とかの雑な指示に違いない。

その証拠に、どいつもこいつもロロに反応できていなかった。

そもそも、前線に出て殺《や》る気を漲《みなぎ》らせたあいつを止めるなんて、どだい無理な話なのだ。

器用に何でもこなすからこそ『シルハスタ』では中衛なんて立ち位置にいたわけだが、裏を返せば俺が抜かれてもロロがいれば問題なかったってことでもある。

そんな男が殲滅《せんめつ》に全振りすればどうなるかなんて、火を見るよりも明らかだ。

つまり、目の前の猿人《ボルグール》のようになすすべなく命を狩られることになる。

無拍子で放たれる魔法の礫、高速で繰り出される必殺の小剣《ショートソード》、動きの中に織り込まれる拘束の魔法。

〝妙幻自在〟の二つ名は、伊達《だて》ではない。

「さて、俺もやるか」

あっという間に数を減らした猿人《ボルグール》の隙間を縫って、森大鮫蛇《フォレストシャークヘッド》へと迫る。

およその生物──魔物《モンスター》も──は頭部が弱点になるが、こうもデカいと狙いづらい。

なら、向こうから下げてもらえばいい。

地面すれすれを疾走する俺に、森大鮫蛇《フォレストシャークヘッド》が反応する。

コイツからすれば、俺は愚かな獲物に見えるのだろう。

実に素直だ。未踏破地域《ドいなか》の魔物《モンスター》というのは、スレてなくていい。

「シャーッ！」

迫る俺を真正面から捕食しようと大口を開けて迫る森大鮫蛇《フォレストシャークヘッド》。

しかし、殺戮《さつりく》の合間に放たれたロロの魔法が、ヤツの動きをピタリと一瞬止めた。

〈衝電《ショツク》〉とかいう低位魔法だったたか、大した魔法ではないが……俺にとっては千載一遇のチャンスだ。

「だぁらぁッ！」

無防備な頭部に、勢い任せの一撃を叩《たた》き込む。

自分の方がデカいから、勝てるとでも思ったか？

残念ながら、〝悪たれ〟の暴力はお前を超える。

ミシリ、と何かがへし折れる感触がして森大鮫蛇《フォレストシャークヘッド》の頭部がコンパクトに沈む。

衝撃に頸部《けいぶ》が砕けて、便利な折り畳みバケツのように頭部がめり込んでしまった。

とはいえ、森大鮫蛇《フォレストシャークヘッド》は生命力の強い生き物だ。

恨むなよ。後でおいしい魔物料理《モンスター・ジビエ》にしてやるからな。

……そんなことを考えながら、二撃目を横薙《よこな》ぎに振るう。

鈍い音と共にめり込んだ大型戦棍《メイス》が、森大鮫蛇《フォレストシャークヘッド》の頭部を吹き飛ばして森に血の雨を降らせた。

「討伐完了、っと」

軽く息を吐き出して、周囲を確認する。

見ればそこは、猿人《ボルグール》が死屍《しし》累々となって積み重なり……最後まで生き延びていた上猿人《ハイ・ボルグール》が今まさに、ロロに首を落とされたところだった。

「こっちも終わり」

「おう、さすがだな」

「ユルグこそ」

拳《こぶし》を合わせて、笑い合う。

そんな俺たちの背後から、複数の足音が近づいてきた。

「助太刀《すけだち》に来まし――た」

武装した冒険者達が、背後から走ってくる。

そして、血に汚れた現状を見て状況を理解したらしい。

「さすが、〝崩天撃〟に〝妙幻自在〟……！」

「よせよ。それよりちょうどよかった、人手が欲しかったんだ。このロッゾってガキを新市街まで送ってやってくれ」

「わかりました。そのくらいは働かせてもらいますよ。おい、聞いた通りだ」

中年の冒険者が、苦笑しながら怯《おび》えた様子のロッゾを抱え上げる。

彼らは酪農都市《ヒルテ》の冒険者ギルドから長期依頼で派遣された冒険者の一団で、マルハスの護衛からちょっとした雑用まで、何でもこなす人員だ。

この経験豊かな中年冒険者の率いるパーティは特に『かゆいところに手が届く』連中で、随分と助かっている。

「しかし、略奪旅団に森大鮫蛇《フォレストシャークヘッド》とは。いよいよキナ臭くなってきましたな?」

「ああ、森を拓《ひら》いたのが影響してるかもしれねぇ。早いところ開拓都市としての体裁を整えねぇと、このままじゃジリ貧だな」

問題は山積み。

それを人海戦術で解決しようというのが計画の根幹だが、明後日の公示でどれだけの冒険者が来てくれるかは未知数だ。

ある程度の受け入れ態勢は整えたものの、少なすぎれば計画が破綻《はたん》する。

サランが何か手を打ってる可能性はあるが、あいつは必要なこと以外あんまり教えちゃくれねぇからな。

「大丈夫だと思うけどな、ボクは」

「なんだ、珍しく楽観的じゃねぇか」

「だってさ、わくわくしない？　『辺境に突如現れた開拓都市』とか」

ロロの言葉に、冒険者と顔を見合わせる。

そして、思わず笑ってしまった。

「違いねぇ。俺だったら絶対に行きたくなっちまう」

「あっしも。もう来てますけどな！　ガハハ」

「でしょ？　それに酪農都市《ヒルテ》では、もうすでに噂《うわさ》になってるみたいだし」

「こんだけ派手に動けばな。他の街でも公示前に動き出してる冒険者もいるか……」

冒険者というのは、情報が生命線なところもある。

特にこういった開拓仕事というのは、先行者有利な部分もあるし、すでに動いているヤツらがいても不思議じゃない。

「だから、それまではボクらが頑張ろう。きっと、うまくいくよ」

「……やっぱ、『メルシア』のリーダーはお前にすりゃよかった」

「ダメだよ！　ていうか、パーティ名だってまだ納得いってないんだからね？」

頬を膨らませながら眉《まゆ》を吊《つ》り上《あ》げるロロ。

ああ……なるほど。わかったぞ。サランの言っていたことが理解できた。

まるで迫力がないというか、むしろちょっとかわいいくらいだ。

こりゃ確かに荒くれどもの相手にゃ、向かないかもしれないな。

「ちょっと、ユルグ！　なに笑ってんのさ」

「いいや。やっぱサランはいろいろとよく見てるんだなって感心しただけだ」

こらえきれない笑いを漏らしながら、俺はロロの背中を軽く叩く。

「仕事は終わった。次の仕事をしに戻ろうぜ」

「……もう、誤魔化《ごまか》されないからね⁉」

◆

ロロの楽観と、サランの計画は見事に的中した。

公示からたったの一週間で、すっかりマルハス新市街は冒険者で溢《あふ》れていた。

「はーい、開拓冒険者の登録はこちらです！」

それでもって、見たことのあるギルド職員がその冒険者達を誘導している。

まあ、酪農都市《ヒルテ》の職員なのだから、ここにいても不思議ではないのだが、顔見知りが来るとは少し驚いた。

「なぁ、その登録……俺達もしないといけない感じか？」

「あ、ユルグさん！　『メルシア』のメンバーはすでに登録済なので大丈夫ですよ！」

「そうか。それにしたって、あんたが来るとはな」

俺の言葉に、得意げに受付嬢が笑う。

こんなド辺境の開拓村に飛ばされたってのに、なにやら嬉《うれ》しそうだ。

「志願したんですよ！　わたしは皆さんのファンですからね」

「そりゃ、早まったな。事故ったら死ぬぞ？」

「そんなの、どこでも一緒ですよ。マルハスの事務長を受けるにあたって、事情も聞いてます」

出世欲をリスクに乗せるか。

さすが、冒険者ギルドの職員は肝が据わってやがる。

ま、このくらいでないとここではやっていけないか。

「そういや、名前を聞いてなかったな」

「カティです！　カティ・グリンベル。これからよろしくお願いしますね、ユルグさん」

にこりと笑うカティと握手を交わす。

ふむ、よく見ればなかなか美人だな？

眼鏡《めがね》の奥のぱっちりした目は形がいいし、青色の瞳は少し神秘的だ。

動きやすいようにか、ふわりと三つ編みにした明るい赤茶の髪もよく似合っている。

「どうかしました？」

「いいや、あんたが思ったより美人だったんで、眼福に与《あずか》っただけだ」

俺の言葉に、カティが驚いた顔をして……それから顔を赤くする。

おっと、そういうところは田舎《いなか》娘なんだな。

「もう、お上手《じょうず》なんだから！　あんまりからかわないでください」

「ま、忙しいと思うが何かあれば声をかけてくれ。詫《わ》びに手伝うからよ」

手をひらりと振って、その場を離れる。

これ以上、仕事の邪魔をするのもなんだからな。

「ユルグ、ここにいましたか」

「おう。どうした？」

「受付嬢に色目を使うくらいお暇なあなたに仕事です」

「なんだ、見てたのかよ。それで？　仕事って？」

数枚の羊皮紙を俺に差し出すサラン。

受け取ったそれには、以前に、俺が未踏破地域を調査して得た魔物《モンスター》の情報がいくつか書かれていた。

「集まった冒険者に適正な仕事を割り振ってください」

「は？　冒険者だぞ、あいつらは」

冒険者というのは、リスクを己《おの》が実力で金に換える人間のことだ。

どんな仕事を選ぶかも自由だし、そこで何が起こっても自己責任となる。

役所勤めじゃあるまいし、割り振られた仕事をこなすようなヤツらではない。

しかも、こういうのは冒険者ギルドの仕事だ。俺でなく、カティに渡すべきだろう。

「あなたのやり方でいいですよ？　それらが今日中に受注され、数日中に討伐されたという結果があればね」

「おいおい、まだ来たばっかりのヤツらだぞ？　現地調査もできてねぇのに仕事させんのか？」

「そのためにあなたを使ったんでしょう?」

そう言って、紙束を指さすサラン。

依頼書らしきそれをよく見てみれば、周辺地図も記載された特別仕様だった。

「冒険者が来たら、次は彼らの働いた結果がいります。渡した依頼書は比較的に危険の少ないもので、この未踏破地域に足を踏み入れるのにちょうどいいものをチョイスしました」

「現地調査がてら、魔物《モンスター》も狩ってこいってか?」

「金が回り始めれば、他の冒険者達も積極的に動き始めます。そうなれば、この村の安全性も重要性も高まります」

サランの鋭い視線が、新市街とその奥にある森に向けられる。

ぶっ倒れるほど仕事するこいつが描いてる絵図だ。

おそらく、これが最善手なのだろう。

「ああ、もう。わかった!」

「ええ、頼みましたよ」

渋々頷《うなず》く俺に、軽く口角を上げてサランが去っていく。

まったく、俺をうまいこと使いやがって。

「ユルグ、どうかしたのですか?」

頭をガシガシとかきながら歩く俺の前に、今度はフィミアがやってきた。

冒険装束ではない〝聖女〟は、明るい茶色のカントリードレスを纏《まと》っていてちょっと芋臭い。

だがまぁ、このマルハスにはマッチしているか。

ロロと所帯を持ったらこんな感じなんだろうと、微笑《ほほえ》ましくもある。

「サランに厄介事を押し付けられたんだよ。やれやれ、あいつは人を使う天才だな」

「文官貴族のご子息ですしね」

俺のため息に、フィミアがころころと笑う。

こうしていると、ただの村娘に見えないこともない。

「お前は？　何してんだ？」

「酪農都市《ヒルテ》から届いた食料品の検品をしておりました。〈防腐《プリザベーション》〉や〈解毒《アンチドーテ》〉が必要になるかもしれませんから」

「〝聖女〟様に雑用をさせるなんて、畏《おそ》れ多《おお》いこった」

「あら、わたくしはこういうのも好きですよ。生活してる感じがしますから」

「まあ、冒険者の生活とは違うしな。まあ、でも村の連中とうまくやってるようで安心したわ」

すっかりとマルハスに溶け込んだフィミアを、少しばかり羨《うらや》ましくも感じる。

俺など、今でも出歩くだけで遠巻きにされたりヒソヒソとされたりするからな。

まあ、仕方あるまい。俺は本来ここにいるべき人間ではないのだから。

「わたくしはあなたの悪評を何度も耳にしましたけど」

「だろうな。次に言われたら『程々に働いたら消えるから今は我慢しろ』と伝えといてくれ」

「……？　消える？」

フィミアが少し驚いた様子で俺の袖《そで》を掴《つか》む。

「どこかに行くのですか？　一人で？」

「そのつもりだ。お前さんが聞いた通り、〝悪たれ〟はこの村で忌み嫌われる魔物《モンスター》の一種なんだ。

痛い思いをしたヤツもいるし、怖い思いをしたヤツはもっといる」

「でも、あなたは今こうして頑張ってるじゃありませんか……！」

「罪滅ぼしと恩返しみたいなもんだ。ロロん家《ち》には世話になったしな」

俺の服の袖を掴んだまま、フィミアが小さく俯《うつむ》く。

あんまり引っ張ると、伸びてしまいそうなんだが。

それに、こんな場面をロロに見られでもしたらマズいことになるのではなかろうか。

「ダメです」

「あ？」

「あなたは、ここにいないと」

「おいおい、話聞いてたか？　フィミア」

ふるふると首を振る〝聖女〟に、俺はどうしていいかわからず周囲を見回すしかない。

誰か助けてくれ。

「あれ？　ユルグと……フィミア？」

ほら見ろ、一番見つかっちゃいけないヤツに見つかったぞ。

◆

「それはユルグが悪い！」

あれから、メルシア家に連れていかれた俺は……正座させられていた。

王国広しといえど〝崩天撃〟ユルグを正座させて説教できるのは、ロロ・メルシアだけだろうな。

いや、おばさんもか。

「ボクらに相談もしないで、どうしてそういうコト言っちゃうのさ？」

「そのうち言おうとは思ってたんだよ」

「それにしたって、どうしてそんなこと言うんだい？」

俺の前にちょこんと座ったロロが、俺の目をじっと見つめる。

やべぇな。すっげー怒ってる。

「いやさ、俺がいると村の連中が落ち着かねぇだろ？」

「それは前も聞いたよ。でも、開拓だって街づくりだって始まってるじゃない。もう、気にすることないんじゃない？」

「そうは言ってもよ、新参のフィミアの耳に何度も入るくらいは恨まれてんだ。こっから先、お前らの足を引っ張ることになるかもしれないじゃないか」

頭の悪い俺でも、いくつかの懸念には容易にたどり着く。

一番マズいのは、こうしてロロが俺を庇《かば》うことでこいつの居場所まで奪ってしまう可能性があることだ。

いくら俺が少しばかりまともになって帰ってきたとして、やらかした過去を考えれば村の連中が俺を信じられないのは理解できる。

ロロとフィミアがこの先もこの村で——あるいはこの開拓都市でうまくやっていくなら、俺という不安要素は取り除いておくに越したことはない。

「ユルグ、きっとみんなキミを見直してくれるよ。タントさんだって、トムソンだって、今のユルグを昔とは違う目で見てる。素材屋のコンティだって、お礼を言ってた」

「そうですよ。わたくしだって、村を守るあなたのことを評価する声を聞きました」

二人の勢いに少々圧《お》されつつ、俺は苦笑する。

俺なんぞにそこまで必死にならなくてもいいだろうに。

「落ち着けよ、なにも今すぐってワケじゃねぇ」

「落ち着かせてくれないのは、ユルグでしょ」

ロロが盛大なため息を吐《つ》きながら立ち上がって、俺に手を差し出す。

「ユルグが旅に出る時は、ボクも一緒について行くから」

「それはどうなんだ」

「いいでしょ？　ボクができるヤツだって言ってくれたのは、ユルグだよ？」

ロロの手を掴んで、ゆっくりと立ち上がる。

昔はひょろひょろだったのに、いつの間にこんなにしっかりしやがったんだ？

「わたくしも一緒ですよ？　置いてけぼりにしないでくださいね」

「フィミアもか？」

いや、当然か。

ロロが行くなら、こいつもついてくるだろうさ。

そう考えると、なんだかそれはそれで楽しい気もする。

「楽しそうな話をしていますねぇ、皆さん？」

「サラン⁉」

白い煙が渦巻くようにして、形となり……サランが姿を現す。

しまった、こいつに仕事を頼まれてたんだった。

「まったく、いつまで経《た》ってもユルグが新市街に来ないからどうしたものかと思っていたら……私抜きで旅立ちの相談ですか？」

「ちげーよ！　話をややこしくするな、腹黒眼鏡《めがね》！」

「おっと、陰険眼鏡から腹黒眼鏡にスケールアップですね。それで？　仕事を放り出して何の相談をしていたんです？」

靴をコンコンと鳴らしながら、俺達を見るサラン。

不機嫌を隠そうともしない様子に、俺は大きなため息を吐く。

「その内、旅に出ようって話だ。お前も乗るか？」

「当然です。私とて冒険者ですからね」

眼鏡を押し上げながら、腹黒参謀が小さく口角を上げた。

3. 聖女の赦《ゆる》し

「さて、行くか」

ロロとフィミアを伴って、以前に灰色背熊《グレイバックベア》がいた小川を遡上《そじょう》するように歩く。

とりあえずカティの手も借りてサランが準備した依頼書は手配し終わったが……俺達が、任せっきりでぼんやりするわけにもいかない。

ということで、俺達も未踏破地域に繰り出してきたのだ。

開拓地に来た冒険者には駆け出しもいる。いざとなれば、フォローだってしなくてはならない。

「それにしたって、一角獣《アルミラージ》がいるなんて知らなかったよ」

「ああ、俺もちらっと姿を見かけただけだがな。いるにはいる」

一角獣《アルミラージ》は、熊ほどの体格をしたデカい兎《うさぎ》だ。

デカいだけでなく頭に一本角が生えてていて、それが錬金術における貴重な材料となる。

大陸北部に行けば一角馬《ユニコーン》という、同じく角を生やした馬の魔物《モンスター》がいるらしいが、この辺りでは見ない。

サランの目的は、一角獣《アルミラージ》そのものである。

角は薬の材料、毛皮は上流貴族のコート、肉は滋養に富んで上質。

早い話が『いる』というだけで冒険者が狩りに来るような、おいしい魔物《モンスター》なのだ。

うまくすれば、『開拓都市マルハス』のなかなかいい宣伝材料になるだろう。

「見かけたのは少し奥でな、未踏破地域に初めて来たヤツにはちっと危ない。美味《うま》い仕事だが、俺達で仕留めちまおう」

「討伐できたら、お肉を少し分けてもらおうかな。弟達に食べさせたいし」

「ビッツはともかく、アルコに魔物料理《モンスター・ジビエ》はちょっと早いんじゃねぇか？」

「大丈夫じゃないかなぁ。それに、これからは魔物肉が食卓に並ぶことも増えていくでしょ？　最初に一番おいしいのを食べさせてあげたいんだ」

なるほど、と頷《うなず》く。

確かに、魔物《モンスター》の肉はまずいのにあたると、ずっと苦手になるヤツもいるからな。特に、子供だとそれが顕著だろう。

「では、張り切っていかないとですね！」

「おう。まあ、見つけさえしたら仕留めんのは俺がやる」

今回は大型の弩弓《どきゅう》も持ってきた。

『シルハスタ』時代にパーティ資金で買ったもので、後腐れがないように冒険都市《アドバンテ》に残してきたのだが……サランのやつがご丁寧に運んできてくれたのだ。

せっかくなので、活用させてもらおう。

「静かだけど、気配はないね」

「ああ、〝手負い《スカー》〟のヤツ……奥に引っ込んだのか？」

相変わらず魔物《モンスター》の出現頻度は異常だが、〝手負い《スカー》〟についてはあれ以来、目撃情報がない。

それが『良いこと』と割りきるには、不安が大きすぎるが。

知恵のある魔物《モンスター》は怖い。

それが、長く生き残って、実際に被害を出してるヤツとなればなおさらだ。

サランが急いでくれてはいるが、いま大暴走《スタンピード》が起きれば、始まったばかりの開拓都市もろともマルハスは終わりだ。

早いところ、戦力を整えてこの辺りの魔物《モンスター》をならしちまわねぇとな。

「ん？」

森の先を見据えていた俺の目が、動くものを捉《とら》える。

「なあ、ロロ……見えたか？」

「うん。人だった、しかもあれって……」

「アルバートのヤツに見えたよな？」

奇妙な違和感に二人で顔を見合わせて、人影が消えた森の奥をじっと凝視した。

「アルバートさんが？　本当ですか？」

「嘘ついてどうする」

不安げなフィミアの声に答えつつ、人影が消えた方に向かって足を進める。

見間違いという可能性はあるが、あのもじゃもじゃした金髪はヤツに間違いないと思う。

「ちょっと前に消えてから、ずっと未踏破地域にいたってこと?」

「あいつにそんな根性あると思うか?」

アルバートという男は騒がしいヤツで、こんな所にずっと潜んでいられるような性質《たち》じゃない。

加えて言うと、生き残れるとも思えない。

……何かがおかしい。

こういう違和感は、大事にするべきだと俺の勘が囁《ささや》いている。

「止まれ」

足を止めて、二人を制止する。

嫌な予感がする時は、特に注意しないといけない。

特に、『ありえないこと』が起きた時は。

ここは未踏破地域——つまり、自然の迷宮《ダンジョン》だ。

何が起きたって不思議ではない。

そして、起きたことには細心の注意を払わなくては、生き残れない。

「引き返すぞ。ロロ、フィミア」

「アルバートさんはどうするのです?」

「仮にあいつだったとして、これ以上追う理由がない。あいつがここで何をしてたって、俺達には無関係だ」

一見、冷たい意見に思えるかもしれない。

しかし、あいつは『シルハスタ』所属の元仲間であって、『メルシア』の仲間でも新市街に来た冒険者でもない。

あえて言うなら、姿を消した不審者だ。

「ボクもそれがいいと思う。なんだか、奥に誘導されてる気がする」

「ああ。あれがアルバートでも、アルバートじゃなくても……これ以上の追跡はするべきじゃない。戻ろう、サランに報告だ」

「そう、ですね」

盛大にフった手前、思うところでもあるのかもしれないが、さすがにこれ以上の危険は冒せない。

下手《へた》をすれば〝手負い《スカー》〟と出くわすかもしれない場所で、あのバカを探してうろうろするのは愚か者のすることだ。

「一角獣《アルミラージ》は明日にまわすか。ロロ、警戒を密に頼む。最短距離で戻るぞ」

「うん。フィミア、しっかりとついてきてね」

「はい。了解しました」

ロロと二人で周辺警戒をしつつ、小川沿いを戻っていく。

背後に何かの気配を感じないでもないが、かなり遠い。

これが魔物《モンスター》のものなのか、アルバートのものなのかはわからないが……どうもキナ臭さがひどい。

知恵者の意見が必要な案件だ。

森の中をしばし引き返すと、人の気配が増えてきた。

俺がまわした依頼書は、うまく機能しているらしい。

これだけの冒険者がうろついていれば、魔物《モンスター》も寄り付こうって気をなくすだろう。

「よし、戻ってこれたな。ああ、気色悪《わり》ィ……何かにずっと見られてる気分だったぜ」

「……あの日にちょっと似てるよね」

「ああ。嫌な感じだ」

「わたくしにわからないのが、ちょっと残念です」

頷き合う俺とロロの後ろで、フィミアが眉根《まゆね》を寄せる。

俺はこんなもんわかんねぇ方がいいと思うけどな。

◆

「なるほど。他に目撃情報はありませんが……あなた方が見たというなら、そうなのでしょう」

「確証はねぇ。後ろ姿しか見てねぇからな」

「うん。それに……なんだか様子が変だった」

俺達の話を聞いたサランが、目を細めて思考の構えに入る。

そして、すぐさまため息を吐《つ》いた。

「ダメですね、情報が足りなすぎます」

「だろうな。それで、方針を相談したい。アルバートの捜索をするかどうか」

「不要です。……と、言いたいところですが、気になるのも確かですね。二人の意見は？」

話を振られたロロとフィミアが、にわかに驚いた顔になる。

というか、俺も驚いた。

あの、何でもささっと決めてしまう陰険眼鏡《めがね》が他人に意見を求めるなんて。

「ボクはよした方がいいと思う。なんだか、気味が悪いよ」

「わたくしも同意見ではあるのですが、なんだか嫌な予感がするんですよね」

「実のところ、私もフィミアに同意見です」

俺とロロが気配を感じるのと同じように、魔法使い二人はこの現象について何か感じているらしい。

お互いに、言語化するのが難しい感覚ではあるが、理解はできる。

「……フィミア、頼めますか？」

「〈啓示《リベレーション》〉ですか？」

フィミアの問いに、サランが頷く。

〈啓示《リベレーション》〉は高度な神聖魔法の一つであり……フィミアを〝聖女〟たらしめんとする力の一つでもある。

「わかりました。今から身を清めて、夢枕に立っていただきます」

「申し訳ありませんね。神の恩寵《おんちょう》を軽々しく使えなどと」

「いいえ、わたくしも必要だと判断します」

頷くフィミアが、俺とロロを振り返る。

「この辺りで、沐浴《もくよく》が可能な場所ってありますか？」

「ああ、村からちょい離れたところに泉がある。ロロ、連れていってやれ」

「ボクが？」

お前以外の誰がいるというんだ。

沐浴ってことは肌を晒《さら》すことになるんだろうし、お前が適任だろうが。

「ユルグも一緒に行ってください」

「は？　なんでだよ」

「不測の事態が起きているということに違いはありません。フィミアの護衛は厚くしておかないと」

サランの言葉には、説得力がある。

確かにあれがアルバートだったとしたら、厄介なことになるかもしれない。

ロロが後れを取るとは思わないが、万が一ってこともある。

「フィミアはいいのか？」

「いまさらですよ。多少のことは目を瞑《つぶ》ります」

「よし、周辺の警戒は俺がやる。ロロはフィミアについてってやってくれ」

「うん。わかった」

四人で頷き合って、指令所代わりになっている建物を出る。

サランは、なにやら受付嬢《カティ》に用事があるらしく出たところで別れた。

村を横切って、アーチを出る。

「泉はこっちだよ。足元に気を付けてね」

「はい。ありがとうございます」

ロロのエスコートで、フィミアが砂利道を進んでいく。

その後ろを、俺はぴりぴりと警戒しながらゆっくりとついて行った。

◆

「ちゃんと見張っててくださいね、ユルグ」

「……おう」

岩陰を背にして、泉の方を見ないようにしながら俺は返事をする。

どうしてこんなことになったのか、俺にも理解できないが……ロロとの立ち位置を交代させたのはフィミア本人だ。

場合によっちゃ裸体を晒すことになるってのに、なんでロロでなく俺なのか、さっぱりわからない。

衣擦《きぬず》れの音、それからちゃぽんと小さな水音がして、しばし沈黙が過ぎた。

「ユルグ」

「なんだ？」

「わたくし、実は怒っているんですよ」

何の話かわからず、俺は背を向けたまま首を傾《かし》げる。

「何がだ？　朝方の件なら謝んねぇぞ」

「あなたにではありません。自分にです」

小さな水音がして、フィミアの気配がこちらを向いた。

俺くらい狙われ慣れると、振り向かなくてもこういうことがわかるようになる。

「軽口のつもりでしたが……あなたの気持ちをもっと考えるべきでした」

「おいおい、〝聖女〟様よ。なんか悪いもんでも食ったのか？」

「茶化さないでください。懺悔《ざんげ》しているのです、わたくしは」

「お前は懺悔を聞く方だろ。……もう気にすんな。ただの事実だ」

俺のため息をかき消すかのように、水音がこちらに近づいてくる。

まったくフィミアのヤツ、今は裸だろうに。

俺がうっかり振り返りでもしたらどうするつもりだ。迂闊《うかつ》がすぎる。

まあ、俺がそんなことをしないと信用されているというのは、存外と嬉《うれ》しいものだが。

「申し訳ありませんでした」

すぐ背後で、フィミアの申し訳なさそうな声が聞こえた。

どちらかというと、俺にあたりの強い〝聖女〟様のしおらしい態度に、軽く驚く。

「気にするなと言った」

「でも、もしかしたらわたくしの失言で、あのような……」

「違《ちげ》えよ、気にしすぎだ。ずっと考えていたことだったんで、うっかり口から出ただけで、お前のせいじゃない」

軽く手を左右に振ってフィミアに示してみせる。

そんなものは、杞憂《きゆう》で勘違いだと。

「俺とくっちゃべってていいのか？　禊《みそぎ》は？」

「もう済みました。あとは心静かに眠るだけです」

「じゃあ、もう少し心を軽くしてやるよ」

背中を向けたままフィミアに向けて口を開く。

こういうのはあまり得意ではないのだが、どうもこいつは気に病みすぎてるらしいからな。

こんなことでぎくしゃくしたくはないし、妙に気を遣われるのも勘弁願いたい。

だから、俺は素直な気持ちを伝えることに決めた。

「正直、フィミアがこうして俺に気を遣ってくれるだけで十分に救われてんだ。見聞きしたと思うが、俺はこの村では嫌われ者《もん》でな……ガキの頃はロロとその家族だけが味方だった」

「ユルグ……」

「でもよ、冒険都市《アドバンテ》に行って、お前らと出会った。まあ、アルバートのヤツは結局ダメんなっちまったが、お前にしたってサランにしたって、なんだかんだと俺の……何だ、友達でいてくれたろ？」

改めて口にすると、どうにも恥ずかしい。

それに友達でいいのかどうかも、些《いささ》か怪しい。

仲間と友達の違いはなんだ？

……お勉強のできない俺には、どっちも大事なヤツらってことしかわからない。

「お前らがいたから、俺はちょっとだけマシになれたんだ。でもよ、それを村の連中にわかってくれなんてムシのいいことは言えねぇ。拗《す》ねたガキだった頃の俺は、あいつらに迷惑をかけすぎた。恨まれたり避けられたりは当たり前なんだ。だから、俺が気の済む程度に借りを返したら、村を出ようと思ってたんだ」

「そんなの、寂しすぎませんか？」

「どうした？」

「そりゃあな。だが、マルハスにとって一番いいのは、俺みたいなのがうろうろしないことなんだ」

俺の言葉が終わると同時に、背中にそっとフィミアの指先が触れた。

「やっぱり、あなたはここにいないとダメです」

「話、ちゃんと聞いてたか？」

思わず、苦笑してしまう。

フィミアという女のこういう一面は、何年も『シルハスタ』で顔を突き合わせていて初めてのことだ。

表面上、物わかりのいい女で衝突を避ける気質だと思っていたが……なかなかどうして頑固だったらしい。

「わたくしは聖職者で〝聖女〟ですので、神の聖名《みな》において、あなたの罪を赦《ゆる》します」

「あん？」

「過ちを悔いることを赦します。贖罪《しょくざい》のための戦いを赦します。和解の言葉を赦します——人と共に在ることを、赦します」

ふわりと温かいものが、身体《からだ》に降り注いだ気がした。

フィミアが何か魔法を使ったのだろうか。

「おい、フィミア？」

「聞いてください、ユルグ。あなたは優しいので、そんな風に離れようとしますけど……あなたにそうして拒まれた人は、とても悲しいと思いますよ」

「俺は拒んでなんか——」

「いいえ、あなたは拒んでいるのです。人は変わります。過去は変えられないと言ったあなたは、〝悪たれ〟でなく〝崩天撃〟のユルグへとなったではないですか。同じように、かつてあなたに触れて傷ついた人もまた、変わるのです」

優しい声が、背中に触れる温《ぬく》もりと一緒に俺の心を揺さぶる。

ずっと目を逸《そ》らして、すっかり諦《あきら》めていた部分に踏み込まれてはいるが、思いのほか不快感はない。

フィミアの『赦す』という言葉が俺を支えているような気がした。

「……わかったよ、努力はしてみるさ」

「素直なのはあなたのいいところですね」

そんな言葉と共に、フィミアの指先が背中から離れる。

しかし、灯《とも》された『心の火』は胸の中にとどまったままだ。

バカな俺には形容することが難しい、ポジティブで温かな何かが俺の中で静かに、しかし力強く揺らめいていた。

「なんだ、これ……?」

「勇気の出る魔法です。気分はいかがですか?」

「悪くない。ありがとよ、フィミア」

「どういたしまして……くちゅん」

背後で小さくくしゃみをする〝聖女〟。

最近は随分暖かくなってきたとはいえ、水に浸《つ》かってうろうろしていれば冷えもする。

俺のことをどうこうと心配する前に、自分のことをもう少し労《いたわ》ってほしいところだ。

「着替え、そこに置いてあっから。着替えたら戻ろうぜ」

「そうですね。あとは温かいスープでもあればいいんですが」

「わかったわかった。後で何か拵《こしら》えてやる」

魔物肉は豊富にあるし、こう見えて魔物料理《モンスター・ジビエ》にはちょっとした自信もある。

冒険者生活が長いと、そういうのには慣れるものだ。食べる方もな。

「ロロ、もう出てきていいぞ」

フィミアが着替え終わったのを見計らって声をかけると、少し離れた木陰からロロがするりと姿を現した。

相変わらず、魔法を使った隠形《おんぎょう》がうまい。

どうせ、俺とフィミアの話もそこで聞いていたに違いない。

ま、ロロがいるのがわかっていたので、俺はフィミアから離れずに話をしていたのだが。

後で間男疑惑をかけられる心配がないからな。

「バレてたの？」

「うっすらな。姿は薄くできても、気配までは消せねぇしな」

「ユルグには敵《かな》わないな——……」

苦笑するロロの肩を軽く叩《たた》いて笑う。

「かくれんぼは、まだまだ俺の方が得意だな」

「お、今度リベンジする？　ボクだって魔法使って探しちゃうからね？」

「そりゃ反則だろ。フィミアもどうだ？」

「わたくしは遠慮します。勝てる気がしませんもの」

軽く笑い合いながら、村への小道を三人で歩く。

木々の向こうからは、静かに月が空に昇り始めていた。

閑話　聖女、幻視の中で

燃える村。逃げ惑う人々。戦うユルグに、ロロさん。
魔物《モンスター》、魔物《モンスター》、魔物《モンスター》。押し寄せる、魔物《モンスター》の波。
踏み荒らされる、マルハス。
……見るに堪えない景色に、小さく首を振って息を吸い込む。
これが訪れようとする結果《みらい》であれば、原因は何なのでしょう？
「……〝手負い《スカー》〟」
森の奥から姿を現す、傷だらけの人面獅子《マンティコア》。
蠍《さそり》に似た長い尾を振りながら、悠然と歩いてくる。
知恵ある人頭を持つ、邪悪な魔獣。
やはり、あれが原因となりますか。
景色がくるりと反転する。
茜色《あかねいろ》の空に染まった、街道。
おそらく、マルハス近郊にある酪農都市《ヒルテ》への道。
おそらく、過去。いつなのかはわからない。
わたくしに見えるのは、その傍らに佇《たたず》む見覚えのある顔——アルバートさん。

「くそ……くそ……許さないぞ、ロロ・メルシア」

そんなことをブツブツと口にしながら、爪を噛《か》む元リーダー。

ひどく歪《ゆが》んだ顔で、地面を不機嫌そうに踏みしめているみたい。

「サランもサランだし、ユルグのヤツは脅しまでかけてきやがった！　……フィミアも、どうして
……僕たちは愛し合っていたじゃないか」

「どうしたんだい？　こんなところで泣いて」

しわがれた声。

それはひどく邪悪な気配を纏《まと》っていて、親切そうな声色なのに息を呑《の》むほどに悪意を帯びていた。

「ま、魔物……ッ」

飛びのくアルバートさんの前で、ゆっくりと箱座りする魔物《モンスター》。

それは、〝手負い《スカー》〟だった。

「驚かせてしまったかい？　私はクロコッタ。あなたは？」

「……なんなんだ、お前は！」

「いま名乗ったつもりだよ？　〝手負い《スカー》〟と言った方がいいかな？　そっちの名前はあまり好きじゃないんだけど」

「ス、〝手負い《スカー》〟……！」

剣を抜くアルバートさんに、大仰に驚く〝手負い《スカー》〟。

傍目《はため》に見れば芝居がかった様子だが、アルバートさんは気が付いていないみたい。

「待って、待って。私はあなたとお話をしに来たんだ」

「どうして、僕と⁉」

「あなたは他の人と違うように見えたからね」

〝手負い《スカー》〟の言葉に、アルバートさんの警戒が緩むのを感じた。

愚かな人とは知っていましたが、こうも愚かとは驚きです。

『シルハスタ』がそれなりにうまくいっていたのは、やはりサランさんの手腕でしょうか。

「あなたは、他の人とは違う。魔物《モンスター》の私が言うのもなんだけど、あなたには特別なものを感じるんだ」

「〝手負い《スカー》〟がどうしてこんなところにいるんだ」

「よかったらクロコッタって呼んでくれると嬉《うれ》しいかな。私はね、少し困っていて……力を貸してほしいんだ」

にこやかに話しながら、再び箱座りになる〝手負い《スカー》〟。

そんなマンティコアに気を許したのか、剣をしまって向き合うアルバートさん。

違和感と嫌悪感。そして、不安が湧き上がる。

……なにか、嫌な感じがしますね。

「あなた達人間が未踏破地域と呼んでいるあそこは、とても大切な聖域なんだ。私はあの場所の守り手をしていてね」

「魔物《モンスター》が何を守っているっていうんだ」

「『一つの黄金』だよ」

〝手負い《スカー》〟の言葉に、アルバートさんの顔つきが変わる。

それものはず、『一つの黄金』は所有者の願いを叶《かな》える伝説の魔法道具《アーティファクト》。

アルバートさんでなくても、多くの人が目の色を変えるでしょう。

「本当に、あるのか……!?」

「あなたに嘘を言って私に得があると思うかい？」

「……」

そこで納得してしまうのが、彼の愚かなところなんですよね。

何が目的かわからないのに、財宝を提示されて判断基準を損得にすり替えられている。

短慮で短絡なのはあなたの不徳ですよ、アルバートさん。

「もし、あなたが私の頼みを聞いてくれるなら……『一つの黄金』をあなたにあげる」

マンティコアの甘い言葉が、毒となってアルバートさんに染み込んでいく。

『シルハスタ』を失った彼にとって、これは効くでしょうね。

「それで？　頼みって？」

「聖域を守るために、人間たちを追い出す手伝いをしてほしいんだ。彼らがこのまま聖域を踏み荒らせば、『一つの黄金』が奪われてしまうかも」

「僕の……黄金を？」

「そう――あなたの黄金が、誰かに奪《と》られてしまうよ」

囁《ささや》かれる邪悪な声が、アルバートさんにはどう聞こえていたのか。

だけど、目を細める〝手負い《スカー》〟を視《み》て、わたくしは確信した。

もう、アルバートさんはあの魔物《モンスター》の術中に落ちたのだと。

なるほど、彼はある意味特別なのかもしれない。

サランさんに見いだされるほど、操るのにもってこいな人間だったから。

この知恵ある邪悪な存在にとっても、『特別』なのだろう。

「どうすれば、いいんだい？」

「簡単さ、ほんの少し怖がらせてやるだけでいいんだ。本来、森と魔物《モンスター》は怖いものなんだって、思い出させてやるだけでいい」

「どうやって？」

「そうだね、結界を壊してきてくれる？　祠《ほこら》の中にある石を割るだけでいいよ。それだけで、君は『二つの黄金』を手に入れられる」

「それだけで……」

マンティコアの言葉に、アルバートさんが曖昧《あいまい》に笑う。

それがどんな結果をもたらすか、わたくしは先ほど視てきた。

いいえ、あの光景を視なくともわかるはず。

人の領域は、脆《もろ》い。少しバランスを崩しただけで崩れ去ってしまう。

「あなたは何もかもを手に入れる。王になることも、あの〝聖女〟を抱くことも自由になるんだ」

「何もかもを……フィミアも……」


(——……。)

ぼやけた景色が白く染まっていき、わたくしはその中を静かにたゆたう。

(——……——……。——……。)

かすかに讃美歌《さんびか》が流れる空間。

神がおわす場所。

(もどるがよい、もどるがよい。汝《なんじ》が成すべきことを成すために——……)

意識が途切れる瞬間、荘厳な声が空間に響いた。

第Ⅳ章　迫る危機の中で

1．アルバートの反逆

「……以上が、〈啓示《リベレーション》〉で得た情報です」

「ユルグ、ロロ！　すぐに五芒《ごぼう》結界の祠を確認してきてください！」

「おうよ！」

珍しく焦った様子のサランの指示に、俺とロロはすぐさま夜空の下へと駆け出す。

盛況とはいえ、まだまだ冒険者の数は足りない。

現状で、マルハスに施された結界を失うのは死活問題だ。

「一番近い街道側からチェックするぞ！　アーチを出たら俺は時計回り、お前は反時計回りだ！」

「わかった！　気を付けてね」

村の名前が刻まれたアーチを潜《くぐ》ると同時に、ロロが指を振って強化魔法を付与してくれた。

月明かりがあるとはいえ、〈暗視《ナイトビジョン》〉はかなり助かる。

相変わらず気のまわるヤツだと感心しつつ、最初の祠に向かって足を動かす。

要石を納める祠は、新市街も含めた『開拓都市マルハス』の中心部――教会が建つ予定の場所

――の結界が一番手厚くなるように計算されて再配置された。

『五芒結界』の名の通り、村の周りを五角形に囲むように配置されているわけだ。

「一つ目は、無事だな。よし……次！」

壊されたり、鍵《かぎ》が開けられたりしていないか指さし確認してから再度駆け出す。

内心、街道側にある二つは無事だろうと踏んではいた。

敵は森――未踏破地域から押し寄せてくるのだ。

であれば、ヤツらが狙うのは未踏破地域と新市街の境界を守る祠だろう。

かといって、境界域から街道側に回るでは二度手間だ。向かいながら確認した方が早い。

「二つ目も無事、と」

……残る三つ目、一番狙われている可能性の確率が高い祠へ向けて駆ける。

何もなければいいが、フィミアが見た未来がいつ来るかは明示されていない。

ただ、俺がまだマルハスにいたってことはそう遠くない未来だろう。

以前は未踏破地域だった森の中を全力で駆ける。

やがてはここも木が切り出され、『開拓都市』の一部になるはずの場所だ。

マルハスは変わっていく。きっと、いい方向に。

だから、その邪魔をあのバカにさせるわけにはいかない。

そんな思いで到着した三つ目の祠。

悪い予感というのは、あたりがちだ。

だが、何とか決定的にはならずに済んだらしい。

「アルバートォーッ！」

祠に向かって剣を振り上げている元リーダーの側面に、駆ける勢いそのまま体当たりを仕掛ける。

「えあ？　ばッ……!?」

驚きと悲鳴が混じった声を上げて、アルバートが跳ねて吹っ飛ぶ。

俺の体当たりは灰色背熊《グレイバックベア》だって耐えられない。

当然、鎧《よろい》を着ている人間だって吹っ飛ばす。

「はぁ、クソが。何とか間に合ったか」

「ぉヴぉッ……おぼぼ」

太い木の幹に叩《たた》きつけられたアルバートが、衝撃で胃の中のものを吐き出している。

中途半端に頑丈なヤツめ……いや、曲がりなりにも俺達の仲間として難事を越えてきたヤツでもある。

このくらいで死にはしないか。

「ユルグ……どうしてここに……！」

「夜の見回りだよ、文句あるか？」

〈啓示《リベレーション》〉のことは黙っておく。

なにせ、このバカは『知恵ある魔物《モンスター》』に入れ知恵されている人間だ。

必要以上の情報を与えるわけにはいかない。

そもそも、俺がここに来た時点でピンと来てねぇ時点で、こいつは元仲間のことをあまりよく知らないのだ。

〝聖女〟フィミアが〈啓示《リベレーション》〉を使えることくらい、知っているだろうに。

「ユルグ！　──……アルバート⁉」

「おう、不審者発見だ。見回りはしとくもんだぜ」

念のため、軽い芝居を打っておく。

頭のいいロロなら、これで察してくれるはずだ。

「んで？　コイツはどうしたらいい？　結界の破壊は重罪なわけだが」

王国法において、都市や村落を保護する結界施設──マルハスの場合は要石と祠──を壊すのは、国家の安全を脅かす重大な破壊行為として重罪が科せられる。

多くの場合は死罪か、犯罪者刻印を入れられての終身労役。

さて、未遂の場合はどうだったかな。

「お前達がいけないいんだ！」

長剣を拾い上げたアルバートが声を荒らげて立ち上がる。

俺の体当たりをまともに受けて、なかなかやるじゃないか。

まあ……抵抗するなら殺しやすくなって好都合だが。

「問答する気はねぇ。かかってこいよ、すぐにひき肉《ミンチ》にしてやる」

戦棍《メイス》を担ぎ上げて、アルバートを睨《にら》みつける。

まさかお前、忘れたんじゃねぇだろうな？

ロロに暴言吐き散らして、追放かましたこと……別に許してねぇからな。

「そこまでです、ユルグ」

殺気を込めて脚にタメを作った瞬間、涼しい声が響く。

ふと視線をやれば、フィミアを伴ったサランが姿を現していた。

「ロロ、魔法で拘束を」

「うん」

ロロが指をパチンと鳴らすと、淡く輝く魔法の鎖がアルバートの足元から這《は》い上がって、その身体《からだ》をがんじがらめに縛りあげた。

〈束縛の鎖《チエーン・オブ・バインド》〉だったか。

ロロの得意魔法の一つだが……久しぶりに見たな。

「やめろ！　放せ！」

「おい、サラン。ここで殺した方がいいんじゃねぇのか？」

「新たな国選パーティを目指す『メルシア』のリーダーが、元所属パーティのリーダーを殺害というのは、あまり外聞がよくないですからね。正直、危機管理的には殺してしまった方がいいとは思うのですが……」

サランの視線の先には、騒ぎで様子を見に来た冒険者達の姿があった。

まぁ、アルバートのヤツが大声を出してたしな。

『新市街』の連中には聞こえても不思議ではない。

「責任を持って、私の方で処理させていただきます」

「……わーったよ。とりあえず、俺はこのままここで野営して見張っとくわ」

アルバートを止めることはできたが、念には念を入れておく必要がある。

それに……怒りで昂《たかぶ》った俺が村に入れば、村の連中が怯《おび》えちまうからな。

「わかりました。ロロ、アルバートを連れてきてください」

軽く頷《うなず》いたサランは、それだけ言ってくるりと背を向け……うなだれたアルバートを振り返ることなくすたすたと歩いていった。

◆

「お前たち、絶対に許さないからな！」

檻《おり》の向こうから吠《ほ》える元リーダーに、俺は小さくため息を吐《つ》く。

アルバートは重罪人として王都に運ばれることになった。

こういったトラブルは、本来ここの領主であるヒルテ子爵が裁判官を務めるのだが、運が悪いというかなんというか。

『シルハスタ』はまがりなりにも王と王国に認定された『国選パーティ』である。

そのリーダーが未遂とはいえ重犯罪を犯したというのはかなり大きな問題であり、王立裁判所で裁きを受けることとなったのだ。

見世物のように檻に収監されたアルバートは周囲を威嚇するようにがなり散らし、袂《たもと》を分かったとはいえ少しばかり哀れで見ていられなかった。

鼻につくヤツではあったが、駆け出しの頃はあんな風でなかったのに。

「未遂ですし、私も一筆添えました。死罪にはならないでしょう」

去っていく馬車を見送る俺の隣で、サランがそう告げる。

「気遣いのつもりか？　俺があいつを始末しようとしていたこと、忘れてんじゃねぇだろうな？」

「殺《や》ったら殺ったで、あなたは後悔するでしょう？　無自覚かもしれませんが、あなたは自分が思っている以上に、情のある人間ですよ」

果たしてそうだろうか。そんなことはないと思うのだが。

「さて、望まぬ未来の布石を一つ崩したところで、次の手を打たなくてはなりませんね」

「ああ。要石の防護はフィミアと教会の連中に強化を頼んでおいたぞ」

「ええ。後で私も魔術的防御を構築しに行きます。それ以外は、これです」

手に持っていた羊皮紙の束を俺に押し付けるサラン。

ちらりと見ると、前回同様に魔物《モンスター》の討伐依頼票であるらしい。

「またかよ」

「こちらは、喫緊ですので、報酬額を上げてあります」

ぺらぺらと依頼票をめくって確認していく。

灰色背熊《グレイバックベア》に森大蜥蜴《トラヴィ》、それに硬鱗蛇竜《ハードスケイルワーム》まで、厄介で凶暴なヤツが勢揃《せいぞろ》いって感じだ。

「フィミアさんに思い出してもらいました。大暴走《スタンピード》で姿を見た魔物《モンスター》です」

「……ッ！　他の魔物《モンスター》に置き換わるだけじゃねぇのか？」

「その可能性はありますが、避けるべき要素を一つずつ潰《つぶ》していくのが定石ですからね」

フィミアの〈啓示《リベレーション》〉による未来予知は、変えられる。

そもそも、あの魔法は解釈的には『神様お悩み相談室』みたいなものだ。

そう以前〝聖女〟が言っていた。

つまり、困ったことに対する備えを文字通り啓示してもらう魔法なのだ。

すでに、俺達は『要石の破壊』を阻止している。

うまく立ち回れば、〝手負い《スカー》〟の計画を阻止できる。

……計画？

「なあ、サラン。〝手負い《スカー》〟の目的って何なんだろうな？」

「魔物《モンスター》の考えることはわかりませんよ。なにせ、相手は人を喰《く》う獣です。ただの食欲の可能性だってあります」

それはありえる。

ありえるが……そのためにアルバートを唆《そそのか》すような回りくどい手を使うだろうか？

結界が邪魔だから利用したというのはわかるが、結界がない時でも襲ってはこなかったのだ。

「『一つの黄金』が本当にある可能性……は、ねぇな。じゃあ、なんで魔物《モンスター》どもの生息前線を押し出してる？　森の奥になんかあんのか？」

「いい着眼点ですね」

俺の独り言に、サランが返事をする。

こいつ、他にも何か掴《つか》んでやがるな……？

「やめだ、やめだ。考えるのはお前の仕事だしな。俺はこれを片付けてくる」

「わかりました。こちらもまとまりましたら、共有させていただきます。今は、まだ推測の推測……くらいですからね」

「わかった。それじゃあ、俺は行く」

サランに軽く手を振って、馬車の轍《わだち》が残るマルハスの広場を後にする。

村の外に続くその二本の線がアルバートと決定的に別れてしまった道に見えて、俺は小さくため息を吐き出してしまった。

「やれやれ、どうにも落ち着かんな」

誰に聞かせるでもない愚痴を小さく漏らしながら、新市街に向けて歩く。

「ユルグさん……！　いいところに！」

そんな俺を出迎えたのは、冒険者ギルドの『マルハス事務長』を務めているカティだった。

随分と焦った様子で、見るからに手が足りていないようだ。

一人でよくやっているとは思うが、日々増えていく依頼と押し寄せる冒険者達を相手にオーバーワークな状況だ。

「お、カティ。お前こそいいところにいた。仕事だ」

「ひーん！　ユルグさんがいじめる……！」

「人聞きの悪いことを言うな。それで、そっちの用ってのは？」

「手伝ってください」

仕事を持ってきたのに、俺が仕事を手伝うハメになるとは。

これまで何度かあったことなので、もう慣れてしまったが。

「掲示板に適当に貼っ付けておけばいいだろうが」

「ユルグさんが割り振った方が、文句も出ないし効率がいいんですよぉー」

服の袖《そで》を掴んで涙目でこっちを見るカティ。

こんな辺境くんだりまで来てもらった手前、あんまりないがしろにもできない。

しかも、今日俺が持ってる依頼票はサランにして喫緊と言わしめる依頼。

丸投げするのもなんだか気が引ける。

「わーったよ、椅子を出せ。ある程度捌《は》けるまで手伝ってやる」

「やったー！　さすが〝崩天撃〟！　話がわかる！」

二つ名は関係ないだろ。

逆に力任せに魔物《モンスター》を殴るのが仕事の〝崩天撃〟に書類仕事をさせようってお前の発想が信じられん。

「あ、ユルグさん」

椅子に座るなり、見知った顔の冒険者がやってきた。

中堅パーティ『サプティ』のリーダー、ドゴールだ。

「お、ドゴールじゃねぇか。ちょうどいい、仕事だ」

「え、マジすか。ちょうど探しに来たところなんで、いいンすけど」

「お前らなら灰色背熊《グレイバツクベア》いけんだろ？　ぱっと行って狩ってきてくれ。今回は、ボーナス付きだ」

「おお、マジすか⁉」

口調は軽いが確かな実力を持つヤツで、率いる『サプティ』もなかなかできる。

確実なところにこなせる依頼を振っていった方が、早くて事故がない。

「じゃあ、それで！」

「おう。カティ、処理頼む」

「了解でっす！」

快活なカティの笑顔にドゴールが鼻の下を伸ばす。

冒険者が溢《あふ》れるむさくるしい『新市街』において、受付嬢《カティ》の存在は一種の清涼剤だ。

カティにしたって、うまく褒めそやすもんだから士気が高い。

もしかして、こいつって意外と有能だったりするんだろうか。

「それじゃ、いい報告を待っててくださいっす」

「おう、無理はすんなよ」

去っていくドゴールに軽く手を上げてやって送り出す。

それを見た他の冒険者達が、にわかに簡易カウンターへと集まってきた。

「ユルグさん、オレらにもお願いします！」

「いい感じのやつ、振ってくだせぇ！」

「わーったから、ちょっと待て。順番だ」

集まる冒険者の顔を見ながら、俺は依頼票を順番にめくった。

2. 『冒険者ギルド』マルハス支部

アルバートとの一件があってから、二週間。

『開拓都市マルハス』はそれなりに平和にやっていた。

未踏破地域との境界には、丸太を組み上げて作った防壁がぐるりと設置され、都市の中央では教会の建設も始まった。

街には噂《うわさ》を聞き付けた行商人や仕事を求める職人も訪れるようになり、冒険者はさらに増えた。

当然、トラブルも増えたのでそれに対処する兵士たちがヒルテより送られ……何の因果か、俺は冒険者どものトラブル解決役をやらされている。

「小せぇことでガタガタ騒ぐんじゃねぇよ！　両方痛い目を見てぇのか？」

「すみませんでした！」

「以後気を付けます！」

冒険者二人がきれいな直角に頭を下げている。

原因は、依頼票の取り合い。どちらが先に見つけたかで殴り合いのケンカになったので……両方ぶん殴って止めた。

「依頼票ってのは見つけた方じゃねぇ、持っていった方が優先だ。……討伐対象はコイツか。お前らじゃ、ちと危ねぇな。俺がカティに言って報酬額に色付けてやっから、二人で行ってこい」

「え、コイツと？」

「さすがにそれは……」

渋る二人を、ため息まじりに睨《にら》む。

「ノートン、お前の得物は槍《やり》だろ？　んでもって、コルトスの得物は斧《おの》と盾だ。うまくやればいい連携がとれて安全に殺れる。コルトスが圧をかけて、ノートンが急所を突くんだ。いいからやってみろ。帰ったら一杯奢《おご》ってやる」

「ユルグさんがそう言うなら」

「しゃあねぇ、行こうぜ」

多少ぎくしゃくとしながらも、お互いの拳《こぶし》を当てるノートンとコルトス。

「うまくいったらパーティを組め。冒険者信用度《スコア》の処理が楽だからな」

「それはユルグさんが楽したいだけでしょー」

「うるせぇ、俺はギルド職員じゃねぇっての！　早く行け！」

依頼票を持った手をひらひらと振って、追い払う。

まったく、どんどん増えるのはいいが収拾がついてねぇぞ。

早いところ、冒険者ギルドの増員をしてもらわなくっちゃな……。

「おつかれ、ユルグ」

ため息を吐き出す俺の隣で、幼馴染《おさななじみ》が苦笑する。

「おう。悪いな、ロロ。手伝わせちまって」

「気にしないでよ。ユルグが頑張ってるんだから、ボクも負けてられないし」

どんどん増加する冒険者ギルドの仕事にカティが追いつかなくなってしまい、そのサポートを俺とロロが引き受けている。

正直、ロロの助けがないと事務処理が追い付かなくなってマズいところだった。

そのくらい、この新市街には冒険者が来て、未踏破地域には魔物《モンスター》がいる。

狩っても狩っても減らない魔物《モンスター》は、冒険者にとっていい飯の種だが……大暴走《スタンピード》を警戒する俺達にとっては、些《いささ》か気が重い。

安定しているようにも見えるが、アルバートの一件もある。

〝手負い《スカー》〟が何かを企《たくら》んでいるのは明白だ。

「あ、そういえば……母さんがお礼言いたいから顔出せって言ってたよ」

「おばさんが？」

「うん。最近はご飯も食べに来ないから寂しいみたい」

そう言われて、ふとおばさんの顔が浮かぶ。

現在、おばさんは俺達同様にかなり忙しい。

なにせ、この『開拓都市マルハス』に唯一存在する宿の女将《おかみ》だからな。

宿を切り盛りする人材が必要だとなった時、俺がおばさんを推したのがきっかけで、そのままトントン拍子に決まってしまったらしい。

そのため、宿の名前は俺達のパーティ名と同じ『メルシア』となった。

別に狙ってやったわけではないが、開拓の発起人でもある『メルシア』公認の宿ということで、訪れる冒険者もお行儀よくしてくれている。

何かあれば、俺がじきじきに戦棍《メイス》をお見舞いすると公言したせいもあるかもしれないが。

それを抜きにしても、おばさんの宿は評判がいい。

そもそも働き者のおばさんは気遣いが行き届いているし、俺に慣れていて物怖《ものお》じもしない。

「ビッツとアルコも宿を手伝っているんだっけか？」

「うん。弟が危険な未踏破地域に行かなくてよくなったから、ボクも母さんもすごく感謝してるんだ」

「そりゃよかった。ちっとは恩を返せたかよ？」

俺の問いに、ロロがにこりと笑う。

「さぁね。でも、母さんはチーズグラタンを用意して待ってるって言ってたよ」

「……そりゃ、行かねぇと損するな」

「でしょ？」

くすくすと笑うロロの隣を歩きながら、俺も楽しい気持ちになってしまう。

そうやって、俺の好物を作ってくれる人がいるというだけで、この場所を守る理由は十分だ。

「あ、いましたね！　二人とも！」

「フィミアか、どうした？」

「それが、ちょっと困ったお客様がいらっしゃってまして」

フィミアの表情に、少し険しいものが見える。

どうも、厄介事の匂いがするな。

「サランさんがお二人を呼んできてほしいと」

「わかった。すぐに行く。ロロ、大丈夫か？」

「ボクも大丈夫。行こう」

手に持っていた資料の類いを冒険者ギルドの仮設住居に片付けて、早足で新市街を歩く。

村に近づくにつれて、徐々に騒がしさが増していく。

なんだ、大騒ぎになってないか？

「困った客って？」

「冒険社《カンパニー》の方みたいで……」

「あん？」

冒険社《カンパニー》というのは、冒険者をまとめた商会のようなやつだ。

大勢の冒険者を抱え込んで、人数が必要な大規模討伐や人海戦術を可能にする組織。

『開拓都市マルハス』ではまだ受け入れを発表していないはずなんだがな。

「なんだか、よくない雰囲気だね」

「だな。とりあえず、踏み込むぞ」

ロロとフィミアを伴って、村の広場へと向かう。

野次馬だらけの広場をかきわけて騒ぎの中心部へと進むと、サランの声が聞こえてきた。

そのサランの向こう、村の入り口であるアーチのそばには、八台の馬車と騎兵が十人。

徒歩の連中もぞろぞろいる。

「ですから、現在は冒険社《カンパニー》の受け入れはしておりません」

「関係あるか！　とっとと村に入らせろ！　ここまでどれだけ移動させられたと思っている！」

「酪農都市《ヒルテ》にお戻りになったらどうです？　寝床も仕事もありますよ」

「ごちゃごちゃうるせぇ！」

馬に乗った鎧《よろい》姿の大男が、サランに蹴《け》りを入れる——が、すんでのところでフィミアの防護魔法がそれを遮った。

「あん？」

「へ？」

サランは間近で男の靴裏を見ることになってしまったが、眼鏡《めがね》が割れるよりはいいだろう。

「到着したようですよ。マルハスの冒険者ギルドマスター代理と、新市街の市長代理です」

ロロと二人、サランの放った言葉に少しばかり驚いたが、なるほど。

……一芝居打ってってわけか。

「んで、何があったサラン？」

「見ての通りですよ」

馬と馬車に踏み荒らされた広場、入る時に当てでもしたのだろうか、村のアーチは一部が割れてしまっている。

住民たちは乱暴な来訪者に怯《おび》えた顔を見せていて、ぐずる子供は見知ったヤツの孫だった。

なんなんだ、こいつらは？

俺の故郷で随分と好き勝手な真似《まね》をしてくれるじゃないか。

頭に血が上ってくるのを感じつつ、俺はどうするべきか考える。

俺にギルドマスターらしいふるまいをしろなどと、サランも無茶を言ってくれたものだ。

まぁ、だが……ここは荒くれた冒険者が集まる『開拓都市』だ。

それなりの対応をして、しかるべきだろう。

「お前らが責任者か？　今すぐ——……」

男の言葉が言い終わる前に、主人同様に生意気そうな馬の横っ面を、裏拳でトばす。

頸椎《けいつい》が捩《ね》じ切れる鈍い感触がしたので、残念だがもう助からないだろう。俺に生意気な顔を向けるのが悪い。

それでもって、もっと生意気そうな馬の主人は、無様に落馬して地面に転がった。

「て、てめえ！　何しやがるッ！」

「マナーがなってねぇな。おい、おはなしする時は、馬から下りるもんだろうが？　えぇ⁉」

「なんだと、テメ——ブバァッ⁉」

起き上がろうとする大男の顔に、軽い蹴りをくれてやる。

死なないように手加減はしてやったが、仲間《サラン》にやろうとしたことは許さねぇからな。

ぶっ飛んだ大男の前まで歩いていって、俺は軽く笑ってみせる。

コミュニケーションの基本は笑顔だからな。

「それで？　お前らが誰で……誰から死にたいって？」

◆

周囲から上がるうめき声の合唱に、俺は傷だらけの身体《からだ》についた土埃《つちぼこり》を払う。

地面でうずくまっている三十人余りの荒くれ者達を見やって、サランが口を開いた。

「これは暴れたものですねぇ、ユルグ」

「死人は出してないんだからいいだろ？」

俺の返答に、軽く口角を上げた陰険眼鏡がならず者達に向き直る。

「『ゾガチ冒険社《カンパニー》』の皆さん、負傷中のところ大変申し訳ないのですが、本日は物資の搬入がありますので速やかに退去をお願いします」

ぶっ倒した俺が言うのもなんだが、お前は鬼か。

骨折が数ヶ所のヤツもいるんだぞ。

「ゾガチ社長？　聞こえていますか？」

「……こんな、ばか……な」

「〝崩天撃〟相手にケンカを売ったのはまずかったですねぇ」

「ほ、〝崩天撃〟……だ、と？」

何だこいつら、俺を誰だか知らないでケンカしてたのか？

そういうのはちゃんと情報収集しろよ。

こういう事態になりかねないんだからよ。

「今日のところは初回サービスで、見逃してやる。次は生きて帰れると思うなよ」

「ひっ……」

軽く一歩踏み出すと、あらぬ方向に折れた足を引きずってゾガチが後退《あとずさ》る。

他の面々も、すっかり士気をそがれた顔でこちらを見ていた。

やれやれ……俺が素手でちょっと殴ったくらいで半壊するような連中が、何だってあんな偉そうにできたんだろうか？

まったく理解できない。

「早くしろ。俺の気が変わらんうちにな」

「お、おい……引き上げるぞ」

剣を杖《つえ》代わりにして立ち上がったゾガチが、弱々しく声を上げる。

その声に、『ゾガチ冒険社《カンパニー》』の連中が、のろのろと動き始めた。

数人はいまだに動けないままだったが、しばらくして、それらの者を馬車に乗せ終えた『ゾガチ冒険社《カンパニー》』は挨拶《あいさつ》もなくマルハスから離れ始める。

最後までマナーのなってないヤツらだ。

「はー……さすがに疲れた」

「ユルグ、大丈夫なのですか⁉」

座り込む俺にフィミアが駆け寄ってきて、治癒魔法を施す。

斬られて裂けた傷が塞《ふさ》がっていく感覚は、やはりいつまで経《た》っても好きになれない。

「無理、しすぎたんじゃない？」

「なに、ああいう手合いはこれくらいしねぇとわかんねぇだろ？」

「見てるこっちはひやひやしたよ」

ゾガチ達を追い返す戦闘《ケンカ》は、俺が一人でやると申し出た。

それが俺の役目で、最もいい選択肢だと思えたからだ。

──理由は二つ。

まず、あいつらに理解させること。

この『開拓都市マルハス』の冒険者ギルドマスター代理が、キレやすく、乱暴で、自分達の暴力では歯が立たない相手だと思い知らせるためだ。

そしてもう一つは、他の『メルシア』メンバーを戦闘《ケンカ》に参加させないため。

〝悪たれ〟が村で暴れるのはいつものことだが、ロロやフィミア、サランは違う。

当然、冒険者として魔物《モンスター》と戦う姿は見ているかもしれないが、人が人に暴力を振るうのは、また見え方が変わってくる。

今後の『開拓都市マルハス』の運営上、仲間を戦闘に参加させるわけにはいかなかった。

実際、村の連中は俺を随分遠巻きにしているしな。

まぁ、俺が人を殴るのを目の当たりにしてトラウマが誘発されてしまったのかもしれないが。

「およその傷は治癒できました」

「おう、ありがとな」

「でも、次はありません」

どこか決意めいた響きで以《もっ》て、フィミアがはっきりとした言葉を口にする。

「あん？」

「わたくしは、あなた一人に重荷を背負わせるような卑怯者《ひきょうもの》になりたくありません」

「……ボクも。次は、言うことを聞いてあげないよ、ユルグ」

ロロとフィミアが跪《ひざまず》いて俺の両肩に額を寄せる。

なんだかそれが、妙に嬉《うれ》しくなってしまった俺は二人の頭を軽く撫《な》でた。

どうやら、正しかったはずの俺の判断は、二人を少し怒らせてしまったようだ。

「さて。お手数をおかけしましたね、ユルグ」

傍らまで歩いてきたサランが、眼鏡を押し上げて俺を覗《のぞ》き込む。

こいつは、俺の意図をしっかりと受け取って……それをうまく利用してくれるようだ。

それはそれで、ありがたいとも思う。

もし、うっかりと戦端が開いていたとしたら……こいつの放つ魔法は恐怖の対象になる可能性が最も高いからな。

あの程度の連中、サランが本気になれば息をするように全滅させていただろう。

王国屈指の魔法使いであるサラン・ゾラークはそういうことができる男である。

だからこそ、俺を呼びに走らせたし、俺に処理をさせたのだ。

保身と言えば言葉が悪いかもしれないが、こいつは目的のために俺をうまく使うすべをよく心得ている。

そういう意味で、逆に信頼できると思えるのだ。

「お前の望む結果になったかよ」

「及第点といったところですね。何も全員を相手にしなくてもよかったように思います」

「仕方ねぇだろ、襲ってくんだから。それより、お前……俺がギルマス代理ってどういうことだ？」

俺の言葉に反応したロロも声を上げる。

「ボクもだよ！　新市街の市長代理とかって聞いてないんだけど!?」

「さて、伝え忘れていましたか？　これは失礼しました」

この陰険眼鏡……！

さては謀りやがったな！

「私も多忙でお伝えするのを失念していたかもしれませんね。ちょうどよかった」

「ちょうどよくねぇよ！　断っただろ？」

「あなたが断ったのは仕官でしょう？　推薦するなとも、代理にするなとも伺っていませんが？」

ああ言えばこう言う！

これだからこのサランって男は食えねぇんだ！

最近はおとなしく仕事をしていると思ったら！

「ボクも納得いってないんだけど？」

「ロロは、私が独断で決定しました。申し訳ありません」

「全然申し訳ないと思ってる顔じゃないよね⁉」

「まさか、そんな。ハハハ」

あからさまな誤魔化《ごまか》し笑いをして、サランが続ける。

「ちょうどいい人材が不足しているんです。〝妙幻自在〟の二つ名は有効活用しないともったいないでしょう？」

「だからって……！」

「マルハス出身で現住民とも仲が良く、開拓都市案発起人『メルシア』のメンバーで、二つ名持ちの冒険者。事務作業も衛務作業もこなせる上に、容姿もいい……そんな人間を遊ばせておく理由、逆に見当たります？」

サランの言葉に、ぐっと詰まるロロ。

横で聞いている俺にしたって、これ以上の人材は見つからないと思ってしまった。

表向き冒険者連中は俺が統括して、それ以外のあれこれをロロが処理する。

新市街は今のところそれでうまく回っているのは確かだ。

「マルハスの安全と発展のためです。諦《あきら》めてください」

眼鏡を押し上げながら、腹黒参謀がにやりと口角を吊り上げた。

◆

――二週間後。


件《くだん》の冒険社《カンパニー》の事件のことをようやく忘れ始めた頃。

いつものように冒険者の相手をしていた俺に、ちょっとした情報がもたらされた。

「魔物《モンスター》の動きが妙？」

「ああ、妙にイラついてるって言うか、落ち着いてねぇって言うか。森全体がそわそわしてる気がするんだよ。一応、ユルグさんに報告しとこうと思って」

「おう、ありがとな。こっちでも気にかけておく」

去っていく冒険者に「一杯やれ」と銀貨を一枚握らせて、俺は防壁の向こうに広がる森を見やる。

ここのところ、俺自身があまり森に入れていないので気が付かなかったが……確かに、怪我《けが》をして戻るヤツも増えてきた。

やっぱり、座り仕事なんてするもんじゃねぇな。

「おい、カティ。ちょっと出てくる」

「ええー！　どこ行くんですか？　ギルドマスター。仕事がまだまだ山積みなんですよ？」

「その呼び方はやめろ！　俺はただの代理だ」

「もう、逃げられないですって。ここに来る冒険者、みーんな、ユルグさんのことをギルドマスターだって思ってるんですから」

カティの言葉に、思わず肩を落とす。

あの腹黒参謀の計略でなし崩しに冒険者ギルドのマスター代理をしちゃいるが、俺はまだ納得しきっていないのだ。

だからといって、新市街の冒険者どもを放っておくわけにもいかず、こうして毎日カティと机を並べているわけだが。

「森の様子を見てくる。ちょっとばかり気になってな」

「……さっきの話ですか？」

「ああ。ここが開拓されてる経緯は聞いてるだろ？」

俺の言葉に、カティが小さく頷《うなず》く。

彼女とて、覚悟ありきでここに来た人間の一人だ。

「調査依頼を発行しますか？」

「それを確認するためにも俺が出る。こう見えて、俺は斥候なんだぜ？」

「ええ⁉　見えない……」

正直な受付嬢の反応に、思わず苦笑いしてしまう。

確かに、俺──〝崩天撃〟のユルグのイメージは鎧姿《よろい》の重戦士なのだろうけど。

「昼までには戻る。誰か訪ねてきたら事情を説明しておいてくれ」

立てかけてある戦棍《メイス》を肩に担ぎ上げて、俺は扉に向かう。

「もう、わかりましたよ。一杯奢《おご》りですからね？」

「美女と一対一《サシ》飲みは悪くねぇな。大歓迎だ」

軽く笑ってみせて、冒険者ギルド代わりの仮設住居を飛び出す。

ここもそろそろ、ちゃんとした建物を建ててもらわないとな。

サランが手配しているとは言っていたが、手狭だし……人も足りてない。

「あれ、ユルグさん。森に行かれるんで？」

「お勤めご苦労さん。ちょっと行ってくる」

防壁を見張る門番に小さく頷いて、そのまま未踏破地域に入っていく。

途中、数人の冒険者とすれ違ったので事情を聞いてみたが、やはり最近違和感があるという。

これだけのヤツが口にするってことは、気のせいってことはなさそうだ。

木々の間を縫うようにして、森の中を進む。

奥へ進むにつれて、まとわりつくような気配と……少しばかりの殺気。

俺に向けられたものではない。森全体が殺気立っている感じがする。

「確かに妙だな……」

子連れでもない森大猪《フォレストボア》が牙《きば》を木の幹に突き立てていたり、普段この時間はどこかに身を潜めている鉄甲虫《アイアンビートル》も這《は》い出している。

冒険者達が「落ち着かない」と口を揃《そろ》えて言うのがわかる気がした。

しかも、数が多い。

新市街からそれほど遠く離れたというわけではないのに、魔物《モンスター》の密度が高すぎる。

これは、ちょっと対応を協議する必要があるぞ。

それこそ、そろそろ『冒険社《カンパニー》』の受け入れを検討する場面かもしれない。

あのゾガチとかいうのをぶちのめしたのは失敗だったか？

……いや、あいつはないな。いたところであまり役に立たなかった気がする。

態度もデカかったし。

「とりあえず戻るか。これは、調査依頼をとばした方がいいな」

そう独《ひと》り言《ご》ちて、俺は奇妙にざわつく森を後にした。

◆

「そろそろだとは思っていました」

報告に訪れた俺を執務室で出迎えたサランが、目を細めながらそう口にする。

やはり、ある程度は掴《つか》んでいたか。

「森に入って確認してきたが、昼間にはいねぇ魔物《モンスター》までいた。ちょっとまずいんじゃねぇか？」

「ええ、非常にまずいです。ですので、こちらから打って出ます」

サランの言葉に、少しばかり驚く。

「酪農都市《ヒルテ》と隣のマッコール領から領軍を少々お借りしました。冒険者ギルドに連絡をして、二つの冒険社《カンパニー》にも声をかけています。加えて、新市街に住む冒険者達もずいぶんとここに馴染《なじ》んだはずです」

資料をいくつか俺に示しながら、次々と初めて聞くことを口にするサラン。

そういうところだぞ、お前。もう少し情報を共有しろよ。

「以前に、『ゾガチ冒険社《カンパニー》』が来たでしょう？　実のところ、アレがここに来たというのは好ましいことでもあったんですよ」

「どういうことだ？」

「マルハス《こ こ》は金になる、と王国全土に認知されたということです」

すっとサランが目を細くして、口角を上げる。

ああ……悪い笑顔をしてるな、こいつは。

事が計画通りに進んで実に愉快、といった顔だ。

「ここから流れる迷宮《ダンジョン》資源、それに伴ってここに逆流する金貨、ある程度絞った募集、流した噂《うわさ》。そこから導き出される必要な戦力、状況、危機。お待たせしました、おおよそのコマが揃いましたよ」

「回りくどいと思ったら、最短を行ってたってか？」

「私、無駄は嫌いなんですよ」

そうだった。

この陰険参謀は、いつも時間対効果を重視する人でなしだった。

なるほど、頭の足りていない俺が見えていなかっただけか。

「――〝手負い《スカー》〟を仕留めます」

「おう。やっとだな」

「もちろん、先陣は我々『メルシア』が務めます。アレの討伐実績を以《もっ》て、国選パーティへ立候補しますからね」

「お前は変わらねぇな」

俺の苦笑に、サランが眼鏡《めがね》を押し上げて小さく笑う。

仏頂面の多いこいつにしては、少し珍しいことだ。

「これが私ですから。詳細は追って知らせます」

「わかった。タイミングは任せる」

伝えるべきことを伝え、聞くべきことを聞いた。

あとは、しかるべき時に戦棍《メイス》を振るえばいい。

いつも通りに、敵を叩《たた》き潰《つぶ》す。


――俺が、この故郷にしてやれることは……それが全てだ。

第Ⅴ章　勇者

1．合同国選依頼《ミッション》

「聞けッ！」

冒険者ギルドの仮支部前で、俺は声を張り上げる。

こういうのは、俺の向きではないが……サランにやれと言われればやるしかない。

「これより、マルハス冒険者ギルドは合同国選依頼《ミッション》を発令する！　仕事はシンプルだ！　森に入って魔物《モンスター》を手あたり次第討伐しろ！　蹂躙《じゅうりん》だ！」

「おお──っ！」

「ウチの〝御曹司《おんぞうし》〟が国の金庫から十分な金貨、冒険者ギルド本部からは冒険者信用度《スコア》の追加算を引っ張ってきてくれた！　背後は冒険社《カンパニー》の連中と軍がカバーする！　討ち漏らしは気にしないでいい！　とにかくぶっ叩けッ！」

「おおおお───ッ‼」

百人以上にもなる新市街の冒険者達が鬨《とき》の声《こえ》を上げる。

戦意は十分。練度も、連携もこの二ヶ月余りでしっかり作ってきた。

全ては、脅威たる〝手負い《スカー》〟を討つために。

「お前らが新市街《ここ》を守るんだ！　この、新天地を！　冒険者の楽園となるべき場所を！　開拓都市マルハスは俺達が作り、守ったんだと女どもに自慢してやれ！」

「ボス、女がいません！」

「うるせぇ！　お前らがもっと働けば向こうから来る！　フィミアには手を出すなよ？　ひき肉になりたくなきゃな」

軽い笑いが冒険者達から漏れる。

よし、軽口を叩く余裕があるのはいい。

緊張してぶるっちまうよりは、ずっと。

「報酬はたっぷり用意した！　パーティ同士、協力してやれ！　怪我したら神官部隊が待機してる！　今日は特別に無料だ！」

自分で言っておいてなんだが、いったいどれだけ金がかかってるんだろうか。

あの陰険参謀、どこからこれだけの予算を引っ張ってきた？

仲間とはいえ、ちょっと黒すぎてビビりそうだ。

「それじゃあ、行け！　──終わったら、酒樽《さかだる》を全部開けるからな。生きて帰れよ」

再度の鬨の声を響かせながら、冒険者達が未踏破地域の森に向かって駆けていく。

早い者勝ちじゃねぇって言ってんのに、血気盛んな連中だ。

だがまあ、冒険者はこうじゃないとな。

「さすがユルグさん！　しびれました！」

「雑な褒め方すんじゃねぇよ。カティ、俺達も出る。後は頼んだぞ」

「了解でっす！　皆さん、ご無事の帰還を」

そう口にするカティの視線の先には、久々にフル装備の『メルシア』が揃っていた。

アルバートがいないことに、ほんの少しだけちくりとしたものを感じないでもないが、ここで〝手負い《スカー》〟を潰せば、あいつも浮かばれるだろう。

……まだ死んでねぇか。

「さすがギルドマスターの檄《げき》は効きますねぇ。私も身が引き締まるというものです」

「代理が抜けてるぞ、腹黒野郎。余計なことをさせやがって」

「でも、かっこよかったよ！　ほんと、久々に燃えてきちゃうかも」

やる気に満ちた顔で、ロロが頷《うなず》く。

珍しいことだが、親友にこうやって褒めてもらえるのは嬉《うれ》しいと感じる。

「わたくしも聞き入ってしまいました。まるで英雄譚に出てくる勇者のようでしたよ」

「おいおい、〝聖女〟が言うと、シャレにならん。勘弁しろ」

「あら、素直な感想ですのに」

ころころと笑う聖女も、今日は戦闘用の装束に身を包んでいる。

これで、この女は守られるだけの人間ではない。

手に持った連接棍《フレイル》の一撃は易々《やすやす》と魔物《モンスター》を屠《ほふ》るし、防護魔法によるタフさもある。

いつもは後衛で俺を支えちゃいるが、場合によっては前に出て近接戦闘もできる冒険者なのだ。

「みんな、準備いいか?」

俺の確認に、仲間たちが頷く。

冒険者達が魔物《モンスター》の前線を押しているうちに、深部まで踏み込んで〝手負い《スカー》〟か、あるいは異常の原因を叩く。

それが『メルシア』の目的だ。

「ぐれぐれ!」

出発しようとしたその時に、聞き馴染んだ鳴き声が耳に届く。

ふと見れば、見知った顔の村人が純白の走大蜥蜴《ラプター》を連れてこちらに歩いてきていた。

「トムソン?」

俺が声をかけると、トムソンが急に頭を下げた。

意味がわからなすぎて、戸惑う俺の背中をロロが軽く叩く。

「ユルグ、その……悪かった!」

「あん? 待て、何を謝ってんだ?」

「村のために こんなに働いてくれてんのに、ずっと疑ったりして避けちまってた。昔とは違うってわかってんのに、ずっと……すまなかった」

トムソンがそう言いながら、グレグレの手綱を差し出す。

「連れていってやってくれ。ずっと、一緒に行きたいって鳴いてたんだ」

「そうなのか？　グレグレ」

「ぐれぐれ！」

ぴょんぴょんと跳ねながら、俺の頭を甘噛《あまが》みする純白の走大蜥蜴《ラプター》。

その身体《からだ》には、ぱっと見でも上等な鱗鎧《スケイルメイル》を纏《まと》っている。

おそらく森大鮫蛇《フォレストシャークヘッド》と硬鱗蛇竜《ハードスケイルワーム》の素材でできたもの。

他の冒険者が見れば、羨《うらや》ましがられるような高級鎧《よろい》だ。

「タントの爺《じい》さんが都会から来た職人と一緒に作ったんだ。素材はコンティが用意して、下地は村の女衆がやってくれた。オレはこの子が鎧を着て動くのに慣れるよう訓練した」

「ぐれぐれ」

その通り、とでも言いたげにグレグレが鼻を鳴らす。

頭のいいヤツだが、まさか人語を解してるんじゃないだろうな。

「みんな、まだ少し戸惑ってるだけなんだ。〝悪たれ〟が立派になりすぎてさ」

「立派になんかなっちゃいねぇよ、俺は」

「そういう言葉が出てくる時点で、オレらより大人ってことだよ」

どこかバツが悪そうに、トムソンが笑う。

「なあ、ユルグ。帰ってきたら、一杯やろう。十年前に仕込んでおいた『とっておき』があるんだ」

「……ああ。そりゃ楽しみだ」

差し出された拳《こぶし》に、軽く拳を当てて俺は頷く。

俺が守るべきものが、さらに明確になった気がする。

「グレグレ、本当についてくるのですか？　危ないのですよ？」

「ぐれぐれ！」

乗れと言わんばかりに、〝聖女〟の前で膝《ひざ》をつく走大蜥蜴《ラプター》。

「いいじゃねぇか。コイツも俺達の仲間には違いない」

「そうだね。グレグレ、フィミアを頼んだよ」

「ぐれぐれ！」

元気に返事するグレグレにフィミアが「仕方ありませんね」とまたがる。

相変わらず絵になるコンビだ。

「じゃあな、トムソン。行ってくる」

「ああ！　気を付けてな、ユルグ」

手を振るトムソンに背を向けて、俺は新市街を歩く。

背中に守るもんがあるというのは悪くない。

胸中でそう呟《つぶや》いた俺は、担ぎ上げた戦棍《メイス》の柄を強く握りしめた。

2.〝手負い《スカー》〟の目指すモノ

戦闘の気配が其処彼処《そこかしこ》からする未踏破地域の中央部を全員で駆け抜ける。

今日に至っては、もう気配を隠す必要もない。

邪魔が入れば潰して進むだけだ。

「さて、〝手負い《スカー》〟は出てきますかね？」

「出てくるさ。出てこないなら、出てくるまで荒らしてやる」

俺がそう答えるにはワケがある。

ずっと、気配があるのだ。あの日、感じた〝手負い《スカー》〟の気配が。

しかも、それは俺達を追っている。

向こうにしても、俺達は仕留めておきたい『敵』に違いあるまい。

新市街の中堅パーティが先行する区域を抜けて、深部へと足を進める。

この辺りは、迷宮《ダンジョン》の入り口がある深部の玄関口だ。

ここから先は、俺も踏み入ったことがない。

「お客さんだよ、ユルグ！」

「おう、接待してやらぁッ！」

木の陰から飛び出してきた上猿人《ハイ・ボルグール》に大型弩弓《どきゆう》を向ける。

この手提型大型弩弓は【ぶち貫く殺し屋《スティンガー・ジョー》】と呼ばれる魔法の武器で、バカみたいに強力な太矢《クオレル》をぶっ放すことができる代わりに、べらぼうに重い。

……つまり、俺向きの飛び道具だ。

「ギャゥ」

断末魔の悲鳴までコンパクトにするほどの威力の矢が、木の幹に上猿人《ハイ・ボルグール》を縫い付ける。

これでビビってくれればと思ったが、そうもいかないらしい。

木の陰や樹上から、わらわらと猿人《ボルグール》達が姿を現し、威嚇の声を上げる。

「こいつらの巣は、もっと北だったと思うんだがな」

「関係ありません。せっかくですし見通しを良くしておきましょう」

俺の隣に進み出たサランが、長杖《スタッフ》を地面にトンと刺す。

この状況を見越していたのだろう、『真なる言葉』の詠唱はもう終わっているらしい。

杖の先から薄赤の閃光《せんこう》が複数迸《ほとばし》って……周囲の森ごと雑に猿人《ボルグール》達を焼き尽くしていく。

確か、〈火葬《インシネレイト》〉とか言う禁呪の一種。

こいつは、わりと軽々に効率的とか言って使うけど。

「どうです、見通しが良くなったでしょう?」

猿人《ボルグール》の死体と一緒くたに燃えカスとなった木々が燻《くすぶ》る中、そいつの姿が露《あらわ》となる。

先ほどまでは気配ぐらいしか感じられなかったが、今はハッキリと姿を捉《とら》えることができた。

「〝手負い《スカー》〟……！」

なるほど、アルバートを唆《そそのか》すくらいだ。

猿人《ボルグール》どもくらいは支配下に置くか。

もとより、大暴走《スタンピード》の主《あるじ》となるくらいの悪名付き《ネームド》であれば、そのくらいのことはやってのけるだろう。

「まさか、〈潜みの森《ヒドウンウッズ》〉の魔法を森ごと焼き払って解除するなんて。予想外だよ」

しわがれた声でのんきなことを呟きながら、のしりと起き上がるマンティコア。

その姿に、少しばかり身体が強張《こわば》る。

以前に見た時よりも一回り……いや、二回りはでかくなってるぞ、こいつ。

「よぉ、〝手負い《スカー》〟。殺しに来たぜ」

「乱暴だね、人間はさ。私が君達に何をしたっていうんだい？」

「これから何かしますってツラしてるぜ」

「誤解だよ、私は――」

〝手負い《スカー》〟の言葉が終わる前に、一気に距離を詰める。

ロロの強化魔法とフィミアの防護魔法が一気に付与されて、身体が少し軽くなるのを感じた。

「わあ、怖い」

俺の一撃を、魔法の防壁で弾《はじ》いた〝手負い《スカー》〟がしわがれた声でおどけるように笑う。

やはり、悪名付き《ネームド》。さすがに一撃とはいかないか。

「口が血生臭《ちなまぐせ》ぇんだよ、お前。今まで何人喰《く》った」

「覚えてないかな。年取ると昨日何食べたかもなかなか思い出せなくてさ」

獅子《しし》の足を振って、何かをこちらに転がしてくる〝手負い《スカー》〟。

それはひどく破損していたが、アルバートの残骸《ざんがい》だった。

「滑稽《こっけい》だったよ。わざわざ脱走したのに、戻ってきて私の餌になるんだから。ねぇ、彼ったら愚かすぎない？」

「てめぇ……ッ！」

「なに怒ってるのさ。君達がいらないっていうからもらったのに。いいでしょ？」

「いいわけ、ねぇだろ！」

戦棍《メイス》を横薙《よこな》ぎに振って、そのまま回転し……今度は振り下ろすように叩《たた》きつける。

一撃目は魔法の防壁に防がれたが……二撃目はそれをかち割って〝手負い《スカー》〟の前足を叩き潰《つぶ》した。

「——……なッ⁉」

驚き、跳び退《すさ》る〝手負い《スカー》〟。

人の顔がついてるってのは、わかりやすくていい。

顔から余裕が消えてるぞ……！　バケモノ。

「獣風情が頭のいいフリすっからだ。なんのための『パーティ』だと思ってる」

長生きしすぎたせいか、それともこれまでが簡単だったからなのか。

顔にでかい傷を拵《こしら》えてる割には、注意深さが足りないな。

「付与魔法《エンチャント》か……！」

ロロを睨《にら》みながらしわがれた声を発するマンティコア。

そう、二撃目には魔法の防壁を叩き割る強化魔法がロロによって付与されていた。

しかも、俺のインパクトに合わせて〈必殺剣《クリティカル・ウエポン》〉の魔法まで重ね掛けしてみせたのだ。

〝妙幻自在〟の二つ名は、伊達《だて》ではない。

「いい頃合いですね、ユルグ」

「おう」

サランの言葉に、俺は数歩分を一気に跳び退る。

それと同時に、サランの長杖《スタッフ》の先から青白い帯が火花を散らしながら発射された。

「ぬぅ……！」

それを再度の魔法障壁で防ぎながら、蠍《さそり》の尻尾《しっぽ》をこちらに振るう〝手負い《スカー》〟。

でかい身体を死角にしての、いい攻撃だったが……それを見逃すフィミアではない。

小盾《バックラー》に似た小さな魔法の障壁が三枚重なって現れ、蠍尾《かつび》の一撃を受け止めた。

その瞬間に、俺は踏み込む。

大きく、地面を這《は》うようにして、素早く。

「ユルグ！」

「おうッ！」

地面すれすれから戦棍《メイス》を〝手負い《スカー》〟の顎《あご》めがけてカチ上げる。

ロロの強化魔法でがっちがちに強化された、でかくて重い鉄の塊が〝手負い《スカー》〟の頭部を上空に勢いよく撥《は》ね上げた。

「――……！」

悲鳴にならぬ悲鳴を上げるマンティコアの老いた人面が、力任せの一撃に耐えられずに引きちぎられ、空を舞う。

頭部を失った〝手負い《スカー》〟は数歩よろよろと後退《あとずさ》り、薄気味の悪い銀色の血を流しながら、その巨体をどさりと横たえた。

「よし、終わりだ」

戦棍《メイス》の血を軽く払って、小さく一息吐《つ》く。

これで、マルハスの脅威は去ったのだとほっとした瞬間、「ユルグ！」と叫び声と共にロロが俺を突き飛ばした。

「んなッ……!?」

驚いたその瞬間、ロロが蠍の尾に刺し貫かれて吹き飛んだ。

――さっきまで、その場に立っていた俺の代わりに。

「あぐ……ッ」

「ロロ！」

森に倒れ伏すロロの許《もと》に駆け寄って、抱き起こす。

蠍の鋭い尾先は、真銀《ミスラル》製の鎖帷子《チェインメイル》を貫通して、ロロの腹を大きくえぐっていた。

「もう。あそこで……気を抜くなんて、ユルグらしく……ないなぁ」

「しゃべるな。おい、フィミア！」

「わかっております！」

グレグレから飛び降りたフィミアが、ロロに手をかざして治癒の神聖魔法を施し始める。

しかし、うっすら紫に変色したロロの傷は一向に塞《ふさ》がる気配がない。

「呪毒……！　いえ、わたくしなら治癒可能です。もう少し頑張ってくださいね、ロロさん」

「ユルグ、前だけ向いて。キミなら、できる」

口から血を吐き出しながら、指を振って俺に強化魔法を放つロロ。

それに頷《うなず》いて戦棍《メイス》を担ぎ上げた俺は、〝手負い《スカー》〟に向き直る。

サランの攻撃的な魔法に晒《さら》されながら、〝手負い《スカー》〟は今まさに起き上がるところだった。首のないまま。

確かな手応えを感じたはずなのに、何でだ……！

「困っちゃうよね。そういう暴力振るわれるとさ」

地面に転がった顔が、邪悪に笑む。

異常な様相に一つまみの恐怖を感じるが、ここで怯《ひる》んでもいられない。

「バケモノが……！」

「気を付けてください。これは、ちょっと私も知らない状況です」

サランが知らないとなると、王国では初観測の現象ってことだな。

ってことは、対策も解決策も手探りってワケか。

なかなか厄介だぞ、これは。

「俺が前に出る。お前はいつも通り『観測と観察と考察』だ」

「あなたが意外と冷静で助かりますよ」

「バカ言え、もうすぐキレる」

そう口にした瞬間、俺の怒りが理性を上回った。

目一杯の力で地を蹴《け》って、再び〝手負い《スカー》〟に躍りかかる。

俺の不注意が原因とはいえ、ロロの腹に穴をあけてくれた礼は、たっぷりと返さねばなるまい。

「無駄だって。私は不死身なんだから。異界の神がそうなるようにしたんだ」

「異界の神か何か知らねぇが、大した自信じゃねぇか。なら、本当にそうか確かめてやるよ」

いつの間にか定位置に戻っていた頭部に向かって戦棍《メイス》を振り下ろす。

件《くだん》の魔法障壁に阻まれはしたが、サランが魔法によるアシストでそれをかき消した。

この様子を見るに、サランの『観測と観察と考察』はすでに功を奏している。

「えぇい、小賢《こざか》しいなぁ」

苛《いら》ついた様子の〝手負い《スカー》〟がその両眼《まなこ》から、魔法の熱線をサランに向かって放つ……が、猛スピードで駆けてきたグレグレがサランを頭で撥ね上げるようにして背に乗せて走り去り、事なきを得た。

トムソンのヤツ、グレグレに芸を仕込んだな？

おかげで、助かったぜ。

「よそ見してんじゃ、ねぇ……よッ！」

横薙ぎ、回転撃、振り下ろし、打ち上げの四連撃を〝手負い《スカー》〟にぶち込む。

この馬鹿みたいに重たい大型戦棍《メイス》による一撃はどれもが一撃必殺の威力を備える。

それを連続で叩き込まれれば不死身だろうが、ただでは済むまい。

「ぐ、あ……！」

〝手負い《スカー》〟がたたらを踏んで、数歩下がる。

手ひどい傷を与えはしたが、まだ死んではいない。

なるほど……不死身ってのはあながち嘘でもないらしい。

「無駄だよ。私を殺すことはできない。私は……もうすぐ〝淘汰《とうた》〟になるんだから。人間をたくさん食べて、食べつくす〝終末の獣〟になるんだ」

「俺一人仕留められねぇ獣風情が大きく出たもんだ！」

「なめるなよ！　人間風情が！」

〝手負い《スカー》〟が絶叫じみた咆哮《ほうこう》を上げる。

瞬間、足がすくんだように自由が利かなくなる。

しくじった、まさか『竜咆哮』まで使えるとは予想外だったな。

振り上げられた前足が、風圧を伴って俺に迫る。

俺の身体《からだ》にそれが触れる瞬間、十数枚の防護魔法が俺に張り巡らされた。

「ユルグ！　大丈夫ですか？」

「フィミア！　ロロは？」

「もう大丈夫です！」

フィミアの返事と同時に、〝手負い《スカー》〟の額に太矢《クオレル》が突き刺さる。

ちらりと背後を窺《うかが》うと、俺が投げ捨てた【ぶち貫く殺し屋《スティンガー・ジョー》】をロロがぷるぷる震えながら抱えていた。

「もう、これ……重すぎ」

「無理すんな！　傷が開くぞ！」

「大丈夫……だよ！」

パチンとロロが指を鳴らすと、〝手負い《スカー》〟の額に突き刺さっていた太矢《クオレル》が、青白い光を伴って爆裂した。

「ぎぁあッ！」

確か、魔法石を小型の炸裂《さくれつ》弾に変える魔法だったと思うが、あんな真似《まね》ができるなんて！

〝妙幻自在〟はまさにロロに相応《ふさわ》しい二つ名であるらしい。

「おのれ……おのれ人間どもめ。喰らいつくしてやる……！」

再生しながら〝手負い《スカー》〟がさらに身体を大きくする。

もはや小型の竜みたいな大きさだ。

「サラン！　まだか!?」

グレグレに乗ったまま、周囲を駆けるサランに声をかける。

俺の声に参謀が、小さく首を振った。

「申し訳ないのですが、手詰まりですね。〝手負い《スカー》〟が〝淘汰〟の一端となるのであれば、今の我々で仕留めるのは無理です」

「なんだ、賢いヤツがいるじゃないか。お前はよくわかってるから一番最後に食ってやるよ」

しわがれた声を上げながら〝手負い《スカー》〟がにんまりと笑う。

苛つく顔だ。不死身なのを後悔するまで、ずっと殴り続けてやろうか？

「どうすりゃ、仕留められる？」

「聖遺物が必要です」

「はン、そりゃ手間なことだな」

聖遺物は、〝淘汰〟──すなわち、世界の危機に対抗するために選定された『勇者』が持っていた武器のことだ。

俺は無学なので詳しくそれを知らないが、こういう人智を超えた存在と相対するために必須《ひっす》の得物であるらしく、王都にある教会が管理しているらしい。

……つまり、ここにないってことだ。

「ないもんは仕方がねぇ。試しに死ぬまで叩き潰してやる」

「ユルグは相変わらず無茶なんだから」

戦棍《メイス》を担ぎ上げた俺の隣に、小剣《ショートソード》を抜いたロロが並ぶ。

ガキの頃はひょろいヤツだと思っていたが、なんて頼もしいんだろう。

「お前と二人なら、何とでもなるか」

「もちろん。ボクならユルグに合わせられるしね」

そんな俺達の背後で、小さなため息が聞こえる。

「まったく、どうして私は人を見る目がないんでしょうね。また手駒が勝手に動く」

「はン、お前とフィミアは退《ひ》け。あとを任せた」

「そうしたいのはやまやまですが……はあ、私もヤキが回りましたね」

グレグレから下りたサランが長杖《スタッフ》を構える。

冷血参謀の普段のそれと違う態度に少しばかり驚いてしまった。

「おいおい、どういう風の吹き回しだ？」

「さぁ？　でもここであなた方を見殺しにするべきではないと私の勘が言ってるんですよ」

「お前が勘だ？　魔物料理《モンスター・ジビエ》の食いすぎでちょっとバカになったか？」

「……あなたと一緒にいたせいですかね」

目を細めて、小さく口角を上げるサラン。

「グレグレ、フィミアさんを安全なところに。フィミアさん、聖騎士と聖遺物の要請をお忘れなく」

「いいえ、わたくしもここに在ります」

言い出すと思ったが、言ってほしくない言葉だった。

これじゃあ、足止めの意味がない。

「ほんと、人間って愚かだなぁ」

にまにまとこちらを睥睨《へいげい》する〝手負い《スカー》〟。

そんなマンティコアに向かって、フィミアが首を振る。

「愚かなのはあなたですよ、〝手負い《スカー》〟。わたくしたちを侮りすぎです」

きっぱりとそう言い切った、フィミアが俺の背中に触れる。

あの日、俺に赦《ゆる》しを囁《ささや》いた時のように。

「覚えていますか、ユルグ。わたくしがあの日かけた魔法のことを」

「……勇気の出る魔法？」

「今も、感じるでしょう？　あなたの心に宿る光を」

そう問われて、俺は胸中で揺らめく『心の火』を思い出す。

フィミアの言う通り、それは確かに今も俺の中に静かに、しかし強くある。

「誰もがそれを宿すわけではありません。ユルグが、それに相応しい人だったからこそ、わたくしが赦し、あなたに宿ったのです」

背中を押すようにして、フィミアの温かな魔力が俺に注ぎ込まれる。

「聖遺物など必要ありません。〝聖女〟フィミア・レーカースの選定せし勇者――〝崩天撃〟のユルグが、〝淘汰〟たるあなたを打ち砕きます」

そう宣言するフィミアの言葉を聞いて、〝手負い《スカー》〟の顔から余裕が消えた。

「う、うそだ！　この時代に本物の〝聖女〟がいるはずなんてない！」

怯《おび》えた顔の〝手負い《スカー》〟を目にして、俺は軽く笑う。

フィミアの告げた言葉に対する戸惑いは俺にもあるが、このふざけたバケモノを叩《たた》きのめす手段が俺にあるというのが、ただ嬉《うれ》しい。

勇者だなんだってのは、この際どうでもいい。

「おいおい、さすがこんな田舎《いなか》くんだりにいるだけあるな。遅れてるぞ、〝手負い《スカー》〟！」

軽く笑って、俺は戦棍《メイス》を肩に担ぎ上げる。

身体が軽い。全身に力が漲《みなぎ》って、血が沸騰する感覚に満たされていく。

「いくぜ、バケモノ……！」

〝手負い《スカー》〟が泣いて謝るまでぶん殴って、命乞《いのちご》いしてもぶち殺す。

そう決めた。

「行って！　ユルグ！」

「フォローは任せてください！」

「おうッ！」

強化魔法を目一杯に受けて、真っすぐに駆ける。

フィミアとロロのサポートがあれば、攻撃を避《よ》ける必要もない。

特に、ビビってやぶれかぶれになったようなのは。

「おっと、その魔法は禁止です」

〝手負い《スカー》〟が瞳から放とうとしていた魔法を、サランが長杖《スタッフ》を振ってかき消す。

バカめ。陰険眼鏡《サラン》の前で同じ魔法が使えるものかよ。

一度見ただけで、魔法式の解析から反対魔法まで構築するヤツだぞ？

そうとも。このバケモノは〝淘汰〟だなんだと言いながら、人間《おれたち》のことを何も知らない。

どれだけ俺達が恐ろしい存在かってのを、魔物《モンスター》の王様にわからせてやらなくちゃな。

「くるな、くるなって！」

「おいおい、余裕が消えてるぞ〝手負い《スカー》〟。ケンカは楽しくやろうぜ。せっかく、対等に命の取り合いができるようになったんだからよ」

疾走の勢いそのままに、真正面から戦棍《メイス》を振り下ろす。

肉と骨を潰《つぶ》す感覚に混じって、かすかに何かを壊す手応えがあった。

それが直感的に『何』なのか、俺にはわかる。わかってしまう。

「なるほど、これがテメェの魂か。やれやれ、気味のいいもんじゃないが——ぶっ壊させてもらうぜ！」

「やめろ！　やめろおおお！」

「わりぃな……マルハスの〝悪たれ〟ユルグは、やめろと言われてやめた例《ためし》がねぇんだよ！」

絶叫する〝手負い《スカー》〟に向けて戦棍《メイス》を振り上げる。

今度は、俺の内なる力を集めて纏《まと》わせた。

きっとこれは、ひどく痛いぞ……〝手負い《スカー》〟。

「死ね」

短く、しかし……たっぷりとした殺意を込めて、戦棍《メイス》を振り下ろす。

その巨体ごと、存在そのものを叩き潰すだけの力を込めて。

「あ――」

しわがれた声が小さく漏れて、地面に半ばめり込むようにして叩きつけられる〝手負い《スカー》〟。

少しやりすぎてしまったのか、ヤツの身体の半分はまるで粉々に砕け散って、銀色の血だまりと化してしまった。

これには俺も、少しばかりドン引きだ。

「だが、まあ。同じ轍《てつ》は踏まんぞ」

そう告げて、残った半身も戦棍《メイス》を振って吹き飛ばす。

さすがにこれで蘇生《そせい》するとは思えないが、念のためだ。

しかし……普段はそれなりに重みを感じる戦棍《メイス》が、まるで棒切れみたいに軽い。

なんだか、これはこれで人間捨てたみたいで奇妙な感じだ。

「討伐完了、でいいよな？」

「ええ。これ以上ないくらいに」

俺の言葉に、サランが頷《うなず》く。

それに頷きを返してから、俺はまるで原形を残していない〝手負い《スカー》〟を見やって、顔をしかめてしまった。

「しまった、討伐証明まで吹っ飛ばしちまっ――」

ぼやこうとした瞬間、視界がくるりと回って暗転した。

3. 変わりゆくマルハス

「む……」

「！　ユルグ⁉　起きた？」

目を開けると、心配そうな顔のロロが俺を覗《のぞ》き込んでいた。

親友が無事なことにほっとしつつ、身体《からだ》を起こそうとして……起こせない自分に気付く。

「ここは？　俺はどうなった」

声も出しにくい。

すっかり渇いてしまっていて、ジジイみたいな声しか出ない。

「ここは秘密で作ってたキミの家。で、ユルグは戦いすぎて倒れた。グレグレが運んでくれたんだけど、大変だったよ」

「そうか。後で肉でも持ってってやるか。状況は？」

「上々だよ。心配ない」

「そうか」

どうやら、多少のトラブルはあったものの、何とか俺達はうまくやったらしい。

しかし……最後の最後にぶっ倒れるなど情けない。

気を抜いてロロに怪我《けが》をさせたり、よくわからん力に振り回されて気絶するなんて、どうも最近の俺は椅子に座りすぎてなまってるんじゃないだろうか。

しかも、目を覚ましたら今度は起き上がれないときた。

「みんなを呼んでくるね」

「ああ。でも、忙しそうにしてたら呼ばなくていいからな」

「そういうところだよ、ユルグ。一週間も眠ったままで、みんな心配してたんだから」

「は？　一週間？」

新情報に驚いて跳ね起きるところだったが、身体はうまく動いてくれない。

「ほら、じっとしてて。すぐ呼んでくるから」

「お、おう」

ぱたぱたと小走りで部屋を出ていくロロを気のない返事で見送って、俺は唖然《あぜん》とする。

今まで大怪我もしてきたし、倒れて寝込んだこともあるが……さすがに、一週間気絶しっぱなしってのは、初めての体験だ。

なんだかちょっと怖くなってきたぞ。

身体、動かねぇの……ずっとこのままってわけじゃねぇだろうな？

さすがにそれは困る。

「ユルグ！」

ロロが出ていってほんの少し、扉を開けて駆け込んできたのはフィミアだった。

今日は、シンプルなカントリードレス姿。

「大丈夫ですか、どこか痛いとか気持ちが悪いとか」

「身体が動かん」

「ああ、それは大丈夫です。しばらくすれば動くようになりますよ」

そう笑って、俺の手を取るフィミア。

柔らかな手のひらから、温《ぬく》もりを感じる。

「わたくしのせいで、死んでしまうかと」

「お前のせい？　ああ、勇気の出る魔法ってやつか？」

「あれは……その、勇者を選定する魔法なのです」

「は？　何だってそんなもんを俺に？　さすがに俺は勇者サマとは程遠いと思うぞ？」

俺の手を握ったまま、フィミアが小さく首を横に振った。

「いいえ、あの日……いいえ、ずっと前から、わたくしはあなたに勇者《えいゆう》たる素質があると思っていましたよ」

「変な褒め方をするもんじゃねぇよ。……だがまぁ、おかげで〝手負い《スカー》〟を殺せた。ありがとよ」

「でも、あなたに大きな負担をかけてしまいました」

俺の手をぎゅっと強く握って、フィミアが俯《うつむ》く。

責任を感じる必要などありはしないのに、義理堅い女だ。

「まあ、無茶したのはお互い様ってことにしておこうぜ。とりあえず、成すべきことは成した」

「……！」

俺の言葉に、〝聖女〟がハッとした様子で顔を上げる。

さて、俺は何か妙なことでも言ったか？

「そうですね。さすがはユルグです」

「はン、褒めたってなにも出ねぇぞ」

「もう、素直じゃないんですから」

くすくすと笑うフィミアに釣られて、思わず俺も笑ってしまう。

「それで、一週間変わりなかったかよ？」

「少しだけお話しするべきことがあるんですが、サランさんから聞いた方が正確かと」

「構わねぇから、お前の口から聞かせてくれ。病み上がりにちくちくと説教じみたことを言われるくらいなら、お前の方がまだマシだ」

俺の言葉に、フィミアが「む」と小さく頬を膨らませて顔をそむける。

〝聖女〟の珍しく子供っぽい仕草に、思わず少し噴き出す。

「なんだお前、そんな顔もできるんだな」

「もう、知りません！」

「悪かったって。それで？　何があった？　話してくれ」

俺がそう乞《こ》うと、フィミアが小さく咳払《せきばら》いしてから口を開いた。

「実はですね――……」

◆

俺が倒れていた一週間で、マルハスには少しだけ変化があった。

元凶である〝手負い《スカー》〟を仕留めたことで、いろいろとあったのだ。

例えば、森が正常化したことで中層部にまで行く冒険者が増えた。

おかげで、希少な薬草の群生地や特殊な鉱石を産出する洞窟《どうくつ》が発見され、『開拓都市マルハス』はさらに注目を集めているらしい。

また、冒険社《カンパニー》の受け入れに伴って、冒険者ギルドの職員が増員された。

冒険者ギルドの本部及び王国から認可を受けた、正規の職員だ。

これでようやく俺もお役御免である。

都市の拡張工事も順調に進んでいるようだ。

近くの山から石材を切り出す業者が本格的に活動を始めたことで、新市街には石造りの家屋も増え始めたらしい。

ちなみに、最初の大規模建設となったのは、冒険者ギルドである。

いざとなれば魔物《モンスター》の侵攻に対して立て籠《こ》もりも可能な、小型の砦《とりで》のような建物が建設中だ。

とりあえずの危機は去ったが……ここからが、本番という向きはある。

俺の仕事は、おおよそ終わったが。

「あ、いたいた！　ギルドマスター！」

「カティか。どうした……っていうか、俺はもうギルドマスター代理じゃねぇし」

「へ？」

「正規の人員が来たんだろ？　ギルドマスターも」

不思議そうに首を傾《かし》げてから、首をぷるぷると横に振るカティ。

なんか、嫌な予感がするぞ。

「ユルグさんはそのまま正式にギルドマスターに昇格って聞きましたけど？」

「誰がそんな与太言ってんだ……」

「ギルド本部ですけど？」

カティの言葉に、軽く固まる。

どう考えても、何かの誤解か情報の行き違いがあるようにしか思えない。

だいたい、目が覚めてからようやく動けるようになったのはつい昨日で、そんな話は誰からも聞かされていないんだが。

「俺は聞いてないぞ？」

「今お伝えしましたが？　これからもよろしくお願いしますね、マスター」

「おい、おいおいおい……！　冗談じゃねぇぞ？」

こんな真似《まね》ができるのは、一人しかいない。

そう、陰険眼鏡《サラン》だ。絶対にあいつが噛《か》んでるはず。

「あ、それでですね。ギルドマスターの部屋、どのくらいの大きさがいいとか、窓の向きはどっちがいいとかあります？」

「知らん！　新しいギルドマスターに聞け！」

「えー、ちょっと！　ユルグさーん」

カティを置き去りにして、新市街を横切っていく。

目指すはサランの執務室だ。

「お、ユルグさん、動けるようになったんすね！」

「大丈夫なんですか？　ギルマス！」

「おう。あと俺はギルマスじゃねぇ」

声をかけてくる冒険者どもに軽く返事をしながら、よたよたと歩く。

なんて様だ。まだまだ本調子とはいかないな。

そんなことを考えつつも、たどり着いた執務室の扉を開ける。

「サラン、出てこい！」

「何ですか騒々しい」

俺の声に応じて、サランが奥から姿を現す。

少し疲れた顔をしているが、用件は伝えねばならない。

「お前、俺が寝ている間にギルドマスターに据えようとしただろう？」

「してませんが？」

「嘘をつけ。カティから聞いたぞ」

「それ、ちゃんと話を聞いたんですか？　とにかく落ち着いてください」

小さくため息を吐《つ》いたサランが、手で示して俺に椅子を勧める。

少し拍子抜けしつつ、俺はどかっと椅子に腰を下ろした。

「私があなたを冒険者ギルドのギルドマスターに推しているのは、その通りです」

「じゃあ……」

「ですが、今回の件に関して私は何も動いてはいません」

「は？」

思わず、声が漏れる。

逆に、こいつが動いていないのなら、どうして俺にギルドマスターの席なんぞが回ってきているというのだ。

意味はわからないが、こんな場面で嘘をつく男でもない。

こいつは嘘を言わない。黙っていたり、煙《けむ》に巻いたりするだけで。

「単に、あなたが認められただけでしょう」

「認められた？　誰に、どうやって？」

「冒険者ギルド本部に、成果で以《もっ》て」

サランの答えに、頭が痛くなる。

教会で禅問答をしているわけではないのだ。

もっとはっきりとした答えはないのか。

「とはいえ、この状況を招いたのは私で間違いないです。こんなにスムーズに行くなんて、まったく以て予想外でしたが」

「どういうこった？」

「新たな都市に冒険者ギルドを配置する場合、査察官が査定をしに来る場合が多いんです。活動する冒険者の規模、立地の調査が主ですが私が仮申請としてあなたをギルドマスター代理に据えたことで、あなた自身も査定の対象となった」

「おいおい、まさか……」

サランが小さく頷《うなず》く。

「お眼鏡《めがね》にかなってしまったんでしょうね。ユルグ、あなたはうまくやりすぎた」

「ほぼ完全にお前のせいじゃねぇか！」

「そうとも言えますが、あなたのせいでもあります」

「なんでだよ？」

「日々の業務、冒険者のコントロール、もたらされた成果、未踏破地域で直接行動できる冒険者としての資質――加えて、あの演説《アジテーション》です。この『開拓都市マルハス』でこれ以上ない人選だと思ったんでしょうね。推薦した私も鼻が高い」

高くなった鼻っ柱をへし折ってやろうか？

まったく、やっぱりお前が発端じゃねぇか。

……しかし、これはまずいことになったぞ。

サランのヤツの手回しじゃないとなると、どうやって断りゃいいんだ？

「いいじゃないですか、今まで通りですよ」

「いや、違うだろ。代理じゃなくなってマジモンのギルドマスターなんて、俺に務まると思うか？」

「あなた、自己評価がときどき低すぎますね？」

立ち上がったサランが俺の肩を軽く叩《たた》く。

妙にご機嫌な様子を訝《いぶか》しんでしまうが、扉を開けたサランが外を指さした。

「見なさい、ユルグ。ここから見える全てが、あなたの新たな居場所です」

「俺の、新たな？」

「いいですか、ユルグ。この景色と同じく、人は変わるものです。あなたはその変化を知っているはず」

サランに言われて、これまでを思い返す。

初めて冒険都市《アドバンテ》についたあの日のこと。

いけ好かない貴族のぼんぼんにパーティを組んだ方がお得だと声をかけられたこと。

たくさんの冒険をしたこと。

その中で、〝悪たれ〟が出会った人々と、仲間。

「マルハスはもうこんなに変わりました。あなたを〝悪たれ〟と呼ぶ旧市街の者はもう少なく、新市街の冒険者はあなたをギルマスと呼ぶ。名は体を表す、ですよ」

「お前がそう仕向けたんだろうが」

「それでも、あなたはあなたでしょう?」

サランの言葉にぐっと詰まる。

相変わらず、いけ好かないヤツ。

「やってみたらいいじゃないですか。ここは冒険者の新たな楽園となる開拓都市です。その王はやはり冒険者でなくては」

「おいおい、不敬で首が飛ぶぞ〝御曹司《おんぞうし》〟」

「冒険者たるもの、夢は大きく持ちませんとね」

にやりと口を弧にする陰険参謀。

どこまで本気で、どこまで冗談かわからないが……なるほど、冒険者の都市であれば、まだしばらくは俺のような乱暴者も必要とされるか。

いつでも降りるつもりで、行けるところまで挑戦してみるのも悪くない。

トムソンのヤツが、変わる勇気を見せてくれたように。

「しゃあねぇ、お前も手伝えよ? 開拓事業担当」

「もちろん。期待させてもらいますよ、ユルグ・ドレッドノート」

「あん?」

……またわけわかんねぇことを言い出したぞ、コイツ。

第Ⅵ章　開拓都市の日々

1．再び深層域へ

孤児の俺に、家名が付いた。

『ドレッドノート』というらしい。

由来はサランから聞いたが、衝撃的すぎてまるで覚えていない。

国選パーティのリーダーかつ、冒険者ギルドのマスターに家名がないのが不格好だという理由で、サランが手を回していたのが、先の〝手負い《スカー》〟討伐の功で認可が下りたらしい。

「ううむ」

「何を唸《うな》ってるのさ？　ユルグ」

真新しい俺の自宅に帰って唸っていると、ロロが声をかけてきた。

この家は『メルシア』の拠点としても設計してあるらしく、しょっちゅうロロやフィミアが上がり込んでくるのだ。

まぁ、それぞれの私室もあるので当たり前と言えば当たり前なのだが。

「俺によ、家名が付いた」

「ああ、サランが言ってたね。何でも北洋に住む竜の名にしたとか言ってたけど」

「ああ、ドレッドノートだとよ。大仰が過ぎる」

「由来と響きはユルグにぴったりだけどね」

そう笑うロロが、俺の前に湯気の上がるカップを差し出す。

村で使っている木製のものではなく、白い磁器のカップだ。

「お茶、淹《い》れたからさ。一息吐こう。あんまり考え込んでると、また熱を出すよ」

「ガキの頃の失敗は忘れろ」

「いいじゃない、幼馴染《おさななじみ》なんだから。そういうの、ボクの特権だよね」

にこやかに笑うロロに、軽く苦笑を返す。

人に知られたくないような過去の失敗談をお互いに抱える仲だ、いまさらと言えばいまさらかもしれない。

「そういえばロロは？　新市街の市長になるのかよ」

「ううん。このマルハス一帯がかなり開発されてきたから、酪農都市《ヒルテ》から都市全体を調整する代官が派遣されてくるらしいよ」

「じゃあ、お前も道連れだ……！　俺の片腕として働いてもらうぞ」

「今まで通りだね」

言われてみれば、これまで通りと言って差し支えはない。

表面上は、だが。

「とはいっても、冒険者ギルドには頭のいい連中がたくさん配置されたんだろ？　お前はともかく、俺がやることなんてあるのかね」

「仕事が楽になったと喜ぼうよ。少なくとも、雑用からは卒業じゃない？」

「そりゃ確かに」

ギルドマスターが手ずから掲示板に依頼票をピン挿しする光景はあまり想像がつかない。

その依頼票にしたって、カティ配下の事務方が冒険者とやり取りするだろう。

つまり、俺の仕事はあまりないはずだ。

そう考えると、少しばかり気持ちが軽くなった。

「とりあえず、身体《からだ》を慣らし終えたら深部の調査はもう一回行かねぇとな」

「うん。現地調査はボクらが行った方がいいかもしれないね」

「〝手負い《スカー》〟を潰《つぶ》したっつっても、異常は異常だからな」

未踏破地域を迷宮《ダンジヨン》の一種だと仮定しても、魔物《モンスター》の数が減ったわけではない。

あれだけの数がどこから現れているのかは、今後の危機管理のことを考えても調べておく必要があるだろう。

「フィミアとサランは置いていくか、忙しそうだし」

「サランはともかく、フィミアには声だけかけないと。また拗《す》ねるよ」

「拗ねるのか？」

「彼女だって冒険者だからね」

確かに、先行警戒がてらの現地調査とはいえ声くらいはかけておくべきか。

最悪、ついてくるならグレグレに乗せればいいし。

とはいえ、フィミアは多忙だ。

いよいよ都市の中心の教会が完成し、各地から移住を希望した聖職者達が集まってきている。

教会は有事の際に一般市民の避難所としても機能する重要な場所なので、その運用と人員配置に関しては注意を払わねばならないのだ。

聖職者と一口に言っても、清らかなだけの連中ではない。

特に開拓都市などという場所に来る連中は、腹に一物を抱えていたり、金の匂いに釣られてきたりするヤツもいる。

それを教会本部から信任された〝聖女〟であるフィミアが、一人一人面談して……時には、追い返したりしているのだ。

傍目《はため》からはかなり疲れているように見え、気軽に「冒険に出るぞ！」と声をかけづらい。

「ボクはサランのところに行ってくるから、ユルグはフィミアのところに行ってきてくれる？」

「なんで俺が……」

「今、サランと顔を会わせづらいんじゃないの？」

フィミアのところはロロが適任だと思ったが、そのように言われるとそうかもしれない。

勝手なことをしやがってと、少しばかりがなってきたところだ。

「わかった、頼むわ」

「うん。フィミアによろしくね」

そう言って席を立ったロロが、手をひらひらとさせながら扉を出ていく。

相変わらず俺は、あいつに気を遣わせてばかりだ。

俺も……もう少し、大人にならないとダメだな。

「さて、俺も行くか」

そう独《ひと》り言《ご》ちて立ち上がった俺は、ゆっくりとした足取りで教会へと向かった。

フィミアにどう声をかけようかと悩みながら歩くことしばし、結局まとまらないまま到着してしまった俺は、教会の扉を静かに押し開ける。

「ユルグ！　今日はどうしたんですか？」

教会に入ると、すぐさまフィミアが駆け寄ってきて出迎えてくれた。

顔には少しばかり疲れが見えるが、サランほどではなさそうで安心した。

「ああ、ちょっとな。今は？　時間大丈夫かよ？」

「まあ。ユルグがわたくしの都合を聞いてくるなんて、まだどこか悪いんじゃないですか？」

「さすがに今のはちょっとひどかねぇか……」

苦笑する俺にころころとフィミアが笑う。

こうしてみると、顔が見られてよかったように思う。

例の勇気が出る魔法とやらの件を、まだ気にしているかもしれないと気にはなっていたのだ。

「俺の身体がまともに動くようになったら、深層の現地調査に行こうと思っててな、お前さんの心づもりを聞きに来たんだ。ただの調査だし、無理する必要は――」

「行きます」

俺の言葉が終わる前に、フィミアが頷《うなず》きながら答える。

少しばかり意外だったが、行くというならそれでもいい。

「そうか。それじゃあ、また段取りを決めよう」

「ええ。今日のお勤めが終わったら家に行きますね」

ご機嫌そうににこりと笑うフィミアの頭に軽く触れる。

「大変そうだが、あんまり無理すんなよ。何かあればロロか俺に頼れ。仲間なんだからな」

「ありがとう、ユルグ。その時は頼りにさせてもらいます」

「おう」

伝えるべきことを伝えた俺は、軽く手を振って踵《きびす》を返す。

俺達が調査に出ることを、カティにも伝えておかねばならないしな。

「あ、そうだ」

軽く振り返って、フィミアに尋ねる。

「今日の夕飯は何が食いたい？　食っていくだろ？」

「何でもいいですよ。あなたの作る料理は何でも好きですから」

「わかった。じゃあ、また夜にな」

今度こそ教会を後にした俺は、いまだ仮設住居で仕事をするカティのもとへと向かった。

◆

——あれから一週間後と少し。

ようやく身体が自由に動くようになった俺は、ロロと軽い打ち合いをしたり、軽く森の浅層を見まわったりしながら勘を取り戻した。

もう少しなまっているかと思ったが、意外と調子はいい。

これなら、深層でトラブルが起きても、問題なく対処できるだろう。

「ぐれぐれっ」

「おう、今日もフィミアを頼むぞ」

「ぐれ！　ぐれ！」

嬉《うれ》し気にとんとんと跳ねながら、俺の後をついてくるグレグレ。

走大蜥蜴《ラプター》なぞただの魔物《モンスター》だと思っていたが、こうして懐くとかわいく感じないでもない。

俺の頭を甘噛《あまが》みするのだけはやめてほしいが。

「こうして森に行くのもなんだか久しぶりな気がしますね」

「実際、二週間ぶりだからね。ボクもちょっとわくわくするかも」

仲良さげに話す二人に少しばかりほっこりしつつ、お邪魔させてもらう。

今回は深層域での野営も目的だ。

日が陰る前に目標地点へ到達したい。

「サランは来ねぇのか」

「うん。なんだか気になることがあるみたい。あと……また無理してるっぽいんだ」

「またかよ。帰ったら気絶させてベッドに放り込もう」

俺の言葉にフィミアがくすくすと笑う。

釣られて、ロロも笑い出した。

「なんだよ？」

「いいえ？　なんだかんだと言いながらも、心配するんですね？」

「当たり前だ、仲間だからな」

それに、今あいつにぶっ倒れられるといろいろとマズい。

ここまで開拓が進んだ以上、あいつには責任を持って完遂してもらわねば。

「ユルグのそういうところ、好きだよ？　優しいよね」

「ええ、ユルグのいいところだと思います」

二人していじりやがって。

まあ、仲がよろしくて結構なことだ。

ここのところ、あんまり二人の時間取れてないみたいだしな。

俺というお邪魔虫がいる上に、未踏破地域の深層なんてロケーションだが……存分に、二人の時間を楽しんでほしい。

さすがに、森の深層まで行けばロロとフィミアを邪魔するヤツはいまい。

俺さえ気を付けていれば。

いや、グレグレにもお行儀よくしてもらわないとか。

「調査ポイントは三つ。あと、今日は野営の予定だ。深層で結界がどこまで有効か探りたい」

「だったら、フィミアについてきてもらって正解かもね」

「ああ。【結界杭《くい》】とフィミアの〈聖域〉で効果も比較したいな」

どちらも魔物《モンスター》に対する安全圏を確保するものではあるが、杭の方は魔法道具《アーティファクト》、〈聖域〉は神聖魔法だ。

どちらがより有効かわかれば、今後、森の中に監視哨《かんししょう》を建設する時に有効なデータとなる。

……という建前でギルドの仕事を放り投げてきたので、ちゃんとしないとな。

ただ、これはサランも推奨する仕事ではある。

将来的に未踏破地域を切り開いて『大陸横断鉄道』を誘致しようと思えば、安全性の担保に何が必要なのかは知っておく必要があるのだ。

切り開くにしても、作業員や工事区間の安全は必ず図る必要がある。

「それじゃあ、出発だ」

「はい」

「うん！」

「ぐれぐれ！」

元気のいい返事に頷いて、俺は防壁の外を目指してゆっくりと歩き始めた。

◆

「森、ずいぶん落ち着いたね」

未踏破地域深層。地下迷宮《ダンジョン》の入り口がある区域の一角。

テントの設営も終わって、焚火《たきび》で人心地ついたロロが月の輝く空を見上げながら呟《つぶや》く。

「ああ。だが、多いのはやっぱ多いな……魔物《モンスター》」

「うん。調査ポイントでは特に異常なかったけど、どこから来てるんだろう」

「迷宮《ダンジョン》から溢《あふ》れ出しているとか？」

テントの中から出てきたフィミアが、ロロの横に腰を下ろす。

こうしてみると、なかなか絵になるな、こいつら。

やれやれ、少し惚気《のろけ》に中《あ》てられたか？　ちょっとばかり寂しい気がする。

帰ったら、酒でカティを釣って愚痴るか。

「それも考えて監視できる場所に野営地を置いたんだが、動きはねぇな」

森の中でも少し小高くなった場所。

そこに野営地を設置して迷宮《ダンジョン》の入り口を見ているのだが、魔物《モンスター》が出てくる気配はない。

他にも出入り口がある可能性は否めないが、これは別に原因があると考えた方が自然かもしれない。

「それにしたって、野営も久しぶりだな」

「そうだね。駆け出しの頃はしょっちゅうだったっけ」

「ええ。サランさんがよく文句を言ってました。……アルバートさんも」

小さく目を伏せるフィミア。

アルバートのヤツは、結局〝手負い《スカー》〟の餌になって人生を終えた。

ロロを追放したことや、要石を破壊しようとしたことは許せそうにないが……あんな死に方をされると少しばかり後味が悪い。

フィミアはあいつが歪《ゆが》んだのを自分の責任だと思っている節があるし、少しいたたまれない気分だ。

「でも、仇《かたき》はとったよ」

「ああ、そうだな。これで浮かばれてくれるといいが」

嫌なヤツだって、死んじまえば大いなる流れ《オールストリーム》に還る。

いずれまた、新たな命としてこの世界のどこかに巡ってくるだろう。

「さて、湿っぽい話は終わりにして飯にしようぜ。今日は食材を持ち込んだからな、魔物料理《モンスター・ジビエ》じゃないぞ」

「酪農都市《ヒルテ》からかなりいろいろ入ってきたもんね。チーズがいつでも買えるって、母さんが喜んでたよ」

開拓都市の発展は、マルハスの生活事情を大きく変えた。

特に食料問題の解決は、村の連中にとって大きかったらしい。

なにせ、酪農都市《ヒルテ》がいくら近くにあるとは言っても、かつてのマルハスには金がなかったからな。

もちろん、この流れについて行けなくて四苦八苦しているヤツもいるが……村の連中と新市街の新参がぶつからないようにサランがうまく調整してくれていると聞いた。

何もかもを完璧《かんぺき》にというのは、さすがにあの陰険眼鏡《めがね》でも難しいということだろう。

「教会も、ある程度は運用の目途が付きました。きっと、マルハスの発展に一役買うでしょう」

「ああ、それな。本当に助かった」

「いいえ。皆さんのよりどころになるといいのですが」

教会があるというのは、一種のステータスだ。

なぜなら、教会本部に『守るべき価値がある』と認められたということでもあるし、そこに教会が介入するべき富があるということでもある。

また、住民にしても聖職者が詰めているというのは冠婚葬祭のみならず、平時の悩み相談もできれば病気や怪我《けが》の心配も少なくなるので安心だ。

フィミアには随分と骨を折らせてしまったが、それがようやく形になるということで俺も嬉しい。

「今度、ユルグも祈りに来ては？」

「村の連中が教会に寄り付かなくなったらどうする。必要な時はお前に祈るよ」

「まあ、不信心なこと。ええ、でも……ユルグの懺悔《ざんげ》はわたくしが聞きますね」

にこりと笑うフィミアに、苦笑を返す。

だが、意外とまた話を聞いてもらいたいという気持ちはあるのだ。

神様には縁もゆかりも感じていないが、フィミアに赦《ゆる》しを乞《こ》うのは悪くない。

「──……ユルグ」

「どうした？」

「あれ……」

突然、膝《ひざ》立ちになったロロが森を指さす。

迷宮《ダンジョン》と反対側を、だ。

振り返った俺の目に映ったのは、暗闇に蠢《うごめ》く謎の物体だった。

「なんだ、ありゃ……？」

「わからない。けど、急に現れたんだ。地面から」

注意深く黒く蠢くそれを見る。

ぱっと見は粘体生物《スライム》に見えないこともないが、この辺りに粘体生物《スライム》はいない。

いや、夜にここで野営するのは初めてだし、いないとも言い切れないが……少なくとも、初めて見る。

「魔物《モンスター》か？」

「そうとしか見えませんね。どうしますか？」

フィミアの問いには「討伐するか」という意図が含まれていた。

少し考えて、俺は小さく首を横に振る。

「もう少し観察してみよう。ああ、くそ……こういう時、サランのヤツがいればな」

「確かに。サランなら何か知ってたかも」

ロロの言葉に頷《うなず》いていると、黒い塊に動きがあった。

しばらく這《は》いずっていた黒い物体は、急にピタリと動きを止めたあと……ぶるぶると振動し始める。

次の瞬間、小さく「ぱきり」と音がしてそれは硬質化した。

「見てください……！　あれが魔物《モンスター》増殖の原因みたいです」

フィミアの言葉に、納得するしかなかった。

石みたいに硬質化したそれの中から、魔物《モンスター》の幼体が這い出してきたから。

そしてそいつは、ガサガサと走って森の中に消えた。

「見たか？」

「うん。あれ……小さかったけど森大蜥蜴《トラヴィ》だよね」

森大蜥蜴《トラヴィ》はこの森の中層域で、比較的よく見かける巨大な蜥蜴《とかげ》だ。

黄色に赤の差し色が入った体色の派手な魔物《モンスター》で、目に入った動くものは何でも口に入れるという悪食。

それなりに手強《てごわ》いが、細かな鱗《うろこ》が上質な鎧《よろい》の素材になるため好んで狩る冒険者もいる。

そいつが、謎の物体から這い出た。

爬虫類《はちゅうるい》である以上、卵生のはずだが……これは少しばかり異常が過ぎる。

「そうか、ここ……」

ロロが何かに気付いたように周囲を見渡す。

暗い森の中に、何か見たのだろうか。

「うん。やっぱり、一度サランを連れてきた方がいいと思う」

「同感だが、お前の見立ては？」

「推測だけどいい？」

ロロの確認にフィミアと二人で頷く。

この状況に、何かしらの説明が欲しかったのかもしれない。

「多分だけど、ここ……迷宮《ダンジョン》なんだ」

「まあ、未踏破地域は迷宮《ダンジョン》って話だが」

「それも関係あると思うけど、この地下にある迷宮《ダンジョン》から直接這い出てるんだと思う」

ロロの言葉に、思わず地面を見る。

確かに、近くに迷宮《ダンジョン》の入り口があるからには、足元に迷宮《ダンジョン》があるのだろう。

そこから、直接？

「地上と迷宮《ダンジョン》の境界が曖昧《あいまい》になってるのかも。両方とも、迷宮《ダンジョン》だからね」

「なるほどな……アドバンテとは違うってわけか」

冒険都市《アドバンテ》の地下にも迷宮《ダンジョン》はある。

しかし、あのような奇妙な何かが地上で見られることはない。

「迷宮《ダンジョン》の規模を調べた方がいいかもしれない。どうやって止めるかはサランに聞くしかないけどさ」

「ああ。しかし、そうすっと迷宮《ダンジョン》に踏み込む冒険者が必要だな。俺らも潜るとして、調査するならあと三つはパーティが欲しい」

いつから未踏破地域に埋もれていたかわからない迷宮《ダンジョン》だ。

謂《いわ》れもわからなきゃ、地図も当然ない。

しかも、今しがたの意味不明な現象との因果関係もわからないときた。

こうなると、内部の調査をする必要があるが……危険度はかなり高い。

まず、この深層域まで来ることがなかなか危険だし、補給も休息場所もないので、調査に割けるコストはそこまで多くない。

危険区域で商売をする『武装商人』でも来てくれれば話は別だが、まだマルハスでは見ていないしな。

しかも、今マルハスに来ているのは迷宮《ダンジョン》冒険者ではないヤツが大多数だ。

調査依頼を発行しても、危ない目に遭うヤツが増えるだけの可能性がある。

ギルド要請を使って冒険都市《アドバンテ》あたりから冒険者を呼んだ方がいいかもしれない。

「ふふっ」

俺が唸《うな》っていると、フィミアとロロが小さく笑う。

「おいおい、俺が真剣に悩んでるのにやけにご機嫌じゃねぇか」

「だって、ユルグがすごくギルドマスターなんだもん」

「……声に出てたか？」

「ええ、出てましたよ。普段は黙ったままなのに、今日は珍しいですね？」

「だよね」

二人が顔を見合わせてにこにこと笑う。

どうも俺はこういうのに向いていないのかもしれない。

考えすぎれば熱が出るし、悩みすぎれば口から漏れる。

これなら、雄たけびを上げながら魔物《モンスター》と戦っている方が性に合っている。

「でも、うん。ユルグの言う通りだね。そこもサランに言って調整してもらおう。なんだか、頼りすぎて悪い気もするけど」

「ほらみろ。こういう時に頭のいいギルドマスターがいるんだよ。俺じゃあ力不足だ」

「適材適所でしょ。ボクは、マルハスの冒険者ギルドマスターはユルグしかいないと思ってるよ」

無根拠な励ましに少しばかり苦笑しつつも、幼馴染《おさななじみ》の評価に嬉《うれ》しくもなる。

他の誰よりも、ロロに褒められるというのが俺にとっては大切なのだ。

ずっと俺を支えてくれたコイツの言葉は、最も大切にしなくちゃいけない。

「わたくしも、自身で選んだ勇者を支持しますよ？」

「勇者ねぇ……けったいなことになったもんだ」

俺は勉強不足なので勇者という何某《なにがし》についてはよく知らない。

日曜教会にも寄り付かなかった俺は、昔に存在した英雄だという話を少し知っているくらいで、何をした連中なのかすらわからないのだ。

ただ、そいつらがべらぼうに強かったということ以外は。

どいつもこいつも、やれ『魔神竜を討伐した』やら『蒼《あお》の魔王を聖滅した』やらといった伝説が残っていて、それに比べると俺はスケールも足りないし、人格的にも問題がある気がする。

だいたい、俺の得物は雑に使ってもメンテナンス不要な鋼鉄製の大型戦棍《メイス》で、教会が保管しているとされるきらびやかな剣や槍《やり》の聖遺物と程遠い。

下手《へた》したらコイツが丁寧に布に包まれて聖遺物でございなんて飾られると思うと、ちょっと笑ってしまいそうだ。

「わたくしは、ユルグが相応《ふさわ》しいと思ったんですけどね」

「判断ミスじゃねぇか、〝聖女〟サマ？　俺はロロの方が相応しいと思うんだがな」

「ボクが？　うーん、ボクもユルグが勇者の方がいいな」

少し首を傾《かし》げてから、ロロが俺を見る。

「その心は？」

「ユルグの方がそれっぽいから」

「なんだそりゃ……」

俺のボヤキに、二人が小さく笑った。

2. 不安と予感

「なるほど、迷宮《ダンジョン》の作り出す魔物《モンスター》が地上に直接……。ふむ、聞いたことがない事例ですね」

深層から戻ったその日。

サランの執務室に押し掛けた俺達は早速、状況の説明をした。

もう少し驚くかと思ったが、陰険眼鏡は相変わらずのすまし顔でただ俺達の話に頷いてみせる。

なんだか、少しばかり拍子抜けだ。

「……それで、どう見る？　俺は迷宮《ダンジョン》の調査と原因の排除が必要だと思うんだが」

俺の問いに思案する姿勢を見せながら、サランがテーブルを指で叩《たた》く。

こいつが長考するのなんて、久しぶりだが……ま、俺には何を考えているかわからないわけだし、待っていることしかできない。

「迷宮《ダンジョン》の調査は必要です。しかし、原因の排除は必要でないかもしれません」

「どういうこった？」

「魔物《モンスター》学者も招聘《しようへい》する必要があるとは思いますが、生態系的に不自然でなければ、魔物《モンスター》の地上発生自体は放置してもいいかもしれません」

首を傾げる俺の横で、ロロが「あ」と声を上げる。

「もしかして、地上で迷宮《ダンジョン》資源が回収できるから？」

「その通りです。さすがに森という生態系を乱すような魔物《モンスター》が出現すれば看過できませんが、今のところそういう報告は上がっていません。であれば、ただの『豊かな森』と言っていいでしょう」

サランの言っていることが、いまいち理解できない。

迷宮《ダンジョン》資源としての魔物《モンスター》というのはわからないでもないが、このまま増え続ければマルハスに被害が出るかもしれないじゃないか。

「ユルグ、あなたの危惧《きぐ》するところはわかります。しかし、森は『正常化しつつある』と報告をしたのはあなたでしょう？」

「確かにそうだが……！」

「これは仮説ですが、未踏破地域の森は『地下迷宮《ダンジョン》の地上一階として機能している』のではないでしょうか」

ようやく、ピンときた。

確かに、そう考えれば魔物《モンスター》が湧くのも不思議ではない。

そして、迷宮《ダンジョン》には『境界の不文律』が存在する。

迷宮《ダンジョン》の魔物《モンスター》というのは、階層の移動や迷宮《ダンジョン》外への移動が生態的に制限されており、自由には動けない。

そう考えれば、マルハスの結界が途切れていても魔物《モンスター》があまり侵入してこなかったことに説明がつく。

森との境界域が迷宮《ダンジョン》の端だったってことだ。

だとすれば、村に被害をもたらした吸血山羊《ヴァンパイアゴート》は、〝手負い《スカー》〟による『溢れ出し《オーバーフロウ》』の先兵だった可能性がある。

アレの始末を怠っていれば、早い段階で大規模な『溢れ出し《オーバーフロウ》』――『大暴走《スタンピード》』が発生していたかもしれない。

「迷宮《ダンジョン》の調査はしましょう。どのくらいの規模なのかは確認する必要があります。それによって、未踏破地域のどこまでが迷宮《ダンジョン》扱いとなるかある程度予測できますしね」

やれやれ、現地にも行っていないのに頭のいいヤツはすごいもんだ。

悔しいが、これは俺にはできない芸当だな。

「結界の首尾は？」

「調べてきましたよ、サランさん。周辺に結界を配置できそうな場所をいくつか見つけておきました」

「ありがとうございます。迷宮《ダンジョン》であるという特性上難しいかと思いましたが、何とかなりそうですね」

「ですけど、魔物《モンスター》の出現を見てしまうと……物理的にも魔法的にも強固にした方がいいかもしれませんね」

フィミアの言葉に、サランが「ふむ」と顎《あご》に手をやる。

またロクでもないことを言い出さないかとひやひやするが、こいつが自信満々に打つ手は、およそ読み間違いはない。

この『開拓都市』の絵図を描いているのは、この男なのだから。

「わかりました。諸々《もろもろ》手を私の方で打っておきます。皆さん、お疲れ様でした」

「お疲れ様でしたじゃねぇんだよ」

「はい？」

サランが俺の言葉に対してひどく怪訝《けげん》な顔をする。

こいつ、今の自分がどんな顔色してるのかよくわかってねぇな？

まったく……押し掛けたのは俺達だが、そろそろ休憩の時間だ。

「サラン、飯食いに行くぞ」

「私にはまだやることがあるので。皆さんはどうぞ」

「冒険を終えたら打ち上げをするもんだろうがよ？」

「私は今回、同行しておりませんし――」

よし、もう面倒くさい。実力行使だ。

「ちょ……っ？　下ろしてください、ユルグ」

「うるせぇ、行くぞ」

ひょろひょろのサランを軽く肩に担ぎ上げて、執務室の扉を出る。

一歩外に出れば、そこは陽気な冒険者達の住まう『新市街』だ。

当然……わめきながら肩に担ぎ上げられるサランは目立つ。

「あ、〝御曹司《おんぞうし》〟じゃないっすか！　久々に見たっすね」

「何で担がれてるんだ、サランさん」

「ギルマスの怒りに触れたのか……」

様々な声に晒《さら》されて、サランが俺の肩で暴れる。

その程度の抵抗で俺を振りほどけると思っているのか、過労眼鏡《めがね》め。

「暴れんなよ、〝御曹司〟」

「やめなさい、ユルグ。公式の二つ名になったらどうしてくれるんです」

そんなことを言う、サランに俺は笑って返す。

「そりゃいい。ちょうど俺は冒険者ギルドマスターなんて大層な椅子に座らされたことだし、ギルド公認にしてやるぜ」

「あ、それいいかも。『メルシア』で二つ名がないのはサランだけだもんね」

「ええ。仲間外れはよくありませんね」

ロロとフィミアの悪ノリに、サランが憤慨の声を上げた。

「あなた達、いい加減にしなさい！」

「俺達に言うこと聞かせたきゃ、しゃんとしろ。青白い顔しやがって。冒険者の顔じゃねぇぞ？」

「む、そうかもしれませんが……いや、しかしですね」

「しかしも案山子《かかし》もあるか。飯食ったら蒸し風呂《トントゥ》だ。んでもって、さっさと寝ろ」

俺の肩の上で、ぐったりとなったサランがため息を吐き出す。

ようやく観念したらしい。

「やるべきことは山積みなんですよ？」

「頭いいわりにバカだなお前」

「なんですって？」

地面にサランを降ろして、肩を掴《つか》む。

女みたいに軽くて細っこい身体《からだ》しやがって。

どう考えても無茶を通り越して無理をしてる。

「いいか？　俺達の最優先事項は仲間——つまり、お前なんだよ。そこは理解しとけ」

「そうだよ、サラン。またボクに〈眠りの霧《スリープミスト》〉を使わせる気？」

「もう疲労回復の魔法には頼らせませんよ？」

俺達の言葉に、サランが珍しく困った顔で後退《あとずさ》る。

こいつがこんな顔を見せるなんて、なかなか痛快だ。

「わかりました。今日だけですよ？」

そんな憎まれ口じみた言葉を口にするサランの顔は、少しばかり穏やかに見えた。

◆

深夜。

「ユルグ、起きていますか？」

妙に寝付けなかった俺の部屋の扉を、フィミアが控えめに叩いた。

一緒に暮らしているとはいえ、寝間着のまま男の部屋を訪ねるなんて少しばかり迂闊《うかつ》がすぎる
……そんな小言を口にしようと扉を開けたが、フィミアの様子に俺は口をつぐんだ。

「どうした、フィミア？」

「わかりません。でも……」

「何かあったのか？」

俺の言葉に、フィミアが小さく首を振る。

「恐ろしい夢を見ました。〝手負い《スカー》〟はもういないのに……嫌な感じが収まらないんです」

俯《うつむ》きながら、身体を強張《こわば》らせるフィミア。

ああ、くそ。何だってロロはこういう時に限って実家に戻ってんだ。

こいつを抱きしめるのはお前の仕事だろうに。

「ここんところ、いろいろあったからな。寝付けねぇなら、軽く一杯やるか？」

「温かいお茶なら」

「よし来た。座って待ってろ」

ダイニングの椅子にフィミアを座らせて、キッチンで湯を沸かす。

〝聖女〟だなんだと言っても、まだまだ若い小娘だ。

それがこんな片田舎《かたいなか》の辺境で〝淘汰《とうた》〟なんてもんに立ち向かう羽目にもなれば、悪い夢を見ることもあるだろう。

「はいよ。これ飲んで温かくして寝ろ」

湯気の立つカップをフィミアの前に置いて、俺も正面に腰を下ろす。

少しばかり交易が増えたマルハスでは、茶葉も普通に手に入るようになった。

「大丈夫か？」

「はい。すみません、こんな情けない……」

「気にすんなよ。仲間だろ？」

軽く笑って、フィミアを見る。

一瞬、意外そうな顔をしたフィミアが少し困ったように微笑《ほほえ》んだ。

カンテラの静かな明かりに浮かぶ〝聖女〟の微笑みはどこか神秘的で、思わず小さく息を呑《の》んでしまった。

そんな俺の心情を置き去りにして、フィミアがこちらをじっと見る。

「ユルグ、次の調査にもわたくしを連れていってください」

「ん？　そりゃ構わねぇけどよ、なんか気になるのか？」

「こんなことを言うと、笑われてしまうかもしれませんが……もしかすると、〝手負い《スカー》〟がまだ生きているのかもと思ってしまうのです」

フィミアの言葉に、背中がゾクリとする。

そんなはずはないと否定したいが、完全に否定しきれない自分もいた。

手応えはあったが、やり残したような感覚が残っているのは確かなのだ。

「杞憂《きゆう》かもしれません。でも、心のどこかでまだ終わってないと警告するわたくしもいるのです」

「いいさ。〝聖女〟の勘は大事にしねぇとな」

「ありがとう、ユルグ」

どこか安心したように、ふわりと笑うフィミア。

あんまりそういう顔を迂闊に見せるんじゃねぇよ、うっかり横恋慕したくなるだろ。

心のざわつきを無理やりに抑え込んで、俺は話題を切り出す。

「だけどよ、次の調査に行くのは少し先になりそうだな」

「そうですね。まず、しなくてはならないことを少しずつ片付けていきましょう」

発展目覚ましいマルハスには、やらなくてはならないことが山積みだ。

俺もギルドマスターなんてもんになっちまった以上、やるべきことがある。

あくまでも冒険者の一人だと思ってはいるが、故郷のためにできることはやりたいという気持ちもある。

こんなことになるなんて、まったく予想していなかったので些《いささ》か不安が強いが。

「大丈夫ですよ、ユルグなら」

「何でわかった……」

「自分で思ってる以上に顔に出やすいんですよ、ユルグって」

くすくすと笑うフィミアに、思わず押し黙る。

初めてそんなことを言われた。

「いまさら仏頂面したってダメですよ。困ったらわたくしも手伝いますから頼ってください」

「そうさせてもらう。ま、できるだけのことはやるさ」

軽くため息を吐《つ》きながら、頷《うなず》いて返す。

「さ、それ飲んだら寝ろ。もう、怖くないだろ？」

「……ユルグが意地悪です」

「添い寝がいるならまた声をかけてくれ。それじゃあ、お先」

じと目の聖女に軽く手を振って、俺は席を立つ。

これ以上、ぼろを出したくないからな。

第Ⅶ章　脅威、再び

1. 不審な人影

「マスター、現地調査拠点の設営準備が開始されたとのことでっす」

真新しい冒険者ギルド建物の最上階にある、真新しい支部長室にカティが飛び込んできた。

俺がギルドマスターに指名されたのと同じく、この受付嬢もマルハス支部の事務局長として正式に任命されたらしく、ここのところずっとご機嫌だ。

「カティ、後生だから俺をマスターって呼ぶのやめてくんねーかな？」

「無理ですよ。実際に、ギルドマスターなわけですし」

「そこを何とか」

「まかりません！」

カティがにこにこと笑いながら、強い拒否を示す。

というか、俺がこんな椅子に座る羽目になった一端は、この受付嬢にもあるのだ。

なにせ、カティには調査員の面談があったのだから。

その際、俺のことをもう少し悪し様に言ってくれればよかったものを、どうも「ユルグさんはすごいんですよ！」なんてことを言ったらしく、それが今の状況に繋《つな》がってる可能性は大いにある。

であれば、少しくらい俺の話を聞いてくれたっていいと思うのだが。

「いやー、マスターとは仕事がやりやすくて助かりますねぇ」

「そうなのか？」

「そうですよ。わたし一人じゃ、きっとうまくいきませんでしたし。冒険者の方って、やっぱり筋肉で話すところがありますからね」

「最初だけだろ。いまさら俺の筋肉がいるとは思えねぇけどな」

小さくため息を吐きながら、積まれた書類を一枚とって、スタンプを押す。

どれもこれも、カティとロロ、そして優秀なギルド職員が確認したものだ。

俺が手ずからスタンプを押す必要がどこにあるのか問いたい。

誰に問うべきかもわからないが。

ため息まじりに仕事をこなす俺に、カティが意を決したように数枚の報告書を差し出した。

「それでですね……現場から一件報告が上がっておりまして」

歯切れの悪いカティの様子に俺は首を傾《かし》げる。

この娘にしては珍しい様子だ。

「何かあったのか？」

「アルバートさんを見た、と」

その言葉に、俺はスタンプを押す手を止めて報告書を受け取る。

それに軽く目を通した俺は、記載された内容に小さく唸《うな》って返した。

「マジかよ？」

「はい。深部調査拠点の周辺で目撃情報が相次いでるんですよ」

報告書には、深部地域でのアルバート目撃情報がかなり事細かに記されていた。

「他人の空似じゃねぇのか？」

「その可能性も否めません。だって、その……あの人は」

「アイツは死んだ」

あの日、俺は〝手負い《スカー》〟に喰《く》い荒らされたアイツの死体を確かに見たのだ。

だから、目撃されている人影がアルバートであるはずなどない。

「マスターどうしますか？　調査依頼を出してもいいとは思うのですが」

困り顔で俺に尋ねるカティ。

これは確かに判断に困る案件だ。

深部調査拠点の設置に伴って、冒険者達は相当に忙しくしている。

職人達の護衛や拠点そのものの防衛、加えてそちらに手を取られている分のマルハス周辺警戒。手の空いてるヤツはあまりいないし、この調査をするなら深部区域に踏み込めるだけの実力も必要になる。

そうなると、選択肢はおのずと限られてきてしまう。

だから、俺は椅子から立ち上がりながらカティに返答した。

「よし、現地調査がてら俺が行く」

「マスター自らがですか？　仕事、山積みですよ？」

机の上に積み重なった書類の束と俺の顔を交互に見るカティ。

言いたいことはわかるが、俺だって考えなしに言ってるわけじゃない。

「そこは優秀な事務局長と職員に任せるさ。逆に俺以上の適任がいるかよ？」

俺の言葉に、カティが小さくため息を吐き出す。

お小言が来るかと一瞬身構えたが、向けられたのは少し困ったような笑みだった。

「もう、仕方ないですね。気を付けて行ってきてください」

「いいのか？」

「できる仕事はわたしの方で何とかしておきますから」

そんなことを口にしながら、カティが机の上にある書類の束をいくつか手に取る。

「なんか悪《わり》ィな……」

「そう思ったらお早いお帰りを。あんまり遅れたら、また貸しですからね？」

「おいおい、冒険者相手に無茶を言うんじゃねぇ。きっちり調査をこなすまで帰らんぞ」

深部調査拠点の設営は、今後のマルハスの発展や開拓方針を決めるのに重要な仕事だ。

ここで中途半端をやらかすわけにはいかない。

「でも、マスターがいないと、なんだか締まらないんですよねぇ」

「そこをきっちりするのが事務局長の仕事だろうが」

「おっと、正論は禁止です！」

「なんでだよ！」

くすくすと笑うカティが、俺の肩をもみ始める。

カティの力じゃ大してもみ解《ほぐ》されはしないが、こうしてもらう時間はなんだか好きだったりする。

まあ……カティが美人で、俺が女好きなだけという見方もできるが。

「でも、本当に気を付けてくださいねユルグさん。わたし、心配してるんですよ？」

「俺がお前さんに必要以上の心配をかけたことがこれまであったかよ？」

「この間、意識不明で運ばれてきましたけど？」

すっかり忘れてた。

喉元《のどもと》過《す》ぎれば何とやらってやつだな。

カティの言う通り、もっと気を付ける必要があるかもしれない。

どうも、気を抜きすぎだ。

きっと、こんなデスクワークばっかりやらされてるせいだな。

俺はもっと魔物《モンスター》の殺気がばんばん飛び交う場所にいないとダメだ。

早いところ、ギルドマスターなんてやめさせてもらおう。

「当支部のマスターさんは、なんだかんだ言いながらいつも無茶するんですから。ときどき帰ってこないんじゃないかって不安になるんです」

背後でそんなことを口にしながら、俺をゆるく抱擁するカティ。

そこまで不安にさせていたとは、ちょっとばかり予想外だった。

仮にも部下であるカティにそんな思いをさせていたのかと思うと、やや申し訳なく思う。

「できるだけ早く帰ってくる。そしたら一杯やろうぜ」

「そんなこと言って。まだ一回も奢《おご》ってくれてませんよ？」

「今のとこ、マルハスにはお前と飲むに相応《ふさわ》しいバーも、連れ込み宿もねぇからな」

「まあ！　さすが、都会の二つ名持ちはお上手《じょうず》ですねぇ」

背後でカティが小さく噴き出すようにして笑う。

この妙な明るさは、こいつの誇れるべき持ち味だ。

まだまだ緊張感の高いマルハスで、カティの笑顔に救われてるヤツは結構いる。

「でも」

ぎゅっと俺の頭を胸に抱き込んで、耳元で囁《ささや》くカティ。

「田舎《いなか》娘をあんまりからかうのはよくないですよ？」

「そういうお前も、あんまり俺をその気にさせるな。何かあっても責任を取ってやれん」

「わたしは、無責任でもいいんですけどね？」

「バカ言うな。お前みたいないい女、つまみ食いで済むもんかよ」

軽く笑いながら、冗談と本気を半分で返す。

そう長い付き合いではないが、故郷《マルハス》のために働いてくれている女だ。

それなりに情もあれば、こうして触れられても嫌悪感がない程度には気も許している。

「もう。ガードが固いなあ、ウチのギルマスは！」

「自制心があると言ってくれ。自信はなくさなくていいぞ、もう一押しだ」

「そのもう一押しが、遠いんですよ。……今日も惨敗です」

ふわりと俺への抱擁を解いて、カティが離れる。

豊満の感触には文字通り後ろ髪を引かれる思いだが、今はまだこのくらいの距離感でちょうどいい。

「それじゃあ、行ってくる。後を頼んだ」

「はい、いってらっしゃい」

手を振るカティに軽く頷いて返して、俺は執務室を後にした。

◆

「おいおい……なんだ、この気配は？」

マルハス新市街を出て、森を進むことしばし。

奥へと進むにつれ増してゆく気味の悪い気配に、思わず顔をしかめる。

そろそろ浅層域を抜けようかという場所だが、森に漂う空気が妙にザラついているように感じられた。

まるで、〝手負い《スカー》〟が俺を見ていた時のようなその感触に、小さな不安が生じる。

——「嫌な感じが収まらないんです」


あの夜のフィミアの言葉を思い出して、足を早める。

何かマズい見落としをしているような気がしてならない。

「ユルグさん⁉」

「ギルマス⁉」

深層域への中間地点を渡ったところで、二人の冒険者がこちらに駆けてきていた。

以前に見たことがある顔だ。

「お前ら……！　ノートンとコルトスか」

「もう救援に来たんすか⁉」

焦った様子のノートンに、このザラついた気配が勘違いでないことを確信した。

「何があった？」

「深部調査拠点が襲われたっす……！」

「魔物《モンスター》か？」

「わかんねぇっす。多分、魔法か何かだと思うんすけど、一瞬で……」

「オレらじゃどうしようもできなくって。それで救援要請に向かってる次第なんですよ」

怯《おび》えた様子の二人の肩を、軽く叩《たた》く。

「お前らの判断は正しい。俺はこのまま現地に向かうから、カティとサランに話を通せ。キツいと思うが、慌てず急げ。いいな？」

「ギルマス、一人じゃ危ないっすよ⁉」

「だから急げと言った。行け、お前らが頼りだ」

「わかりました。行こうぜ、ノートン」

「無茶しちゃダメっすよ？」

再び駆け出す二人の背中を見送り、振り返った俺はその逆方向に駆けた。

深部調査拠点の予定地には、多くの職人、商人、冒険者……つまり、マルハスの住民がいる。

もしかすると、仲間に後で窘《たしな》められるかもしれないがぐずぐずしてはいられない。

「待ってろよ……！」

そう独《ひと》り言《ご》ちて森を駆け抜ける間にも、どんどん不快感が増していく。

「くそったれが……ッ！」

嫌な気配と予感を感じながらも進んだ先——深部調査拠点となるはずだった場所にたどり着いた俺は、思わずそう吐き捨ててしまった。

そこにいるはずの者が、誰一人いなかったから。

焼けた地面に転がる冒険者。

ひしゃげた身体《からだ》で木の枝に引っかかった職人。

食い破られた傷痕《きずあと》が生々しい武装商人。

むせ返るような血の匂いが充満したそこには、生きた人間が一人も残っていなかった。

いくら未踏破地域に危険な魔物《モンスター》がいるといっても、ものの数刻でここまでできるヤツはそうそういない。

あの〝手負い《スカー》〟であっても、だ。

周囲を警戒する俺に、おぞましい気配がじわりと向けられる。

当初、圧迫感や拒否感じみた気配であったそれは、今や明確な害意となって肌に纏《まと》わりついていた。

まるで、殺気をたっぷりに撒《ま》き散《ち》らして、俺を挑発しているかのように。

「さっさと出てこいよ……！　叩っ殺してやる」

気配に向かって、吐き捨てる。

聞こえているかどうかは関係ない。ただの殺害宣言だ。

ここまでやらかしてくれた以上、もう命の取り合い以外にやるべきことはない。

怒りに身を焦がしつつも、俺は少しばかり冷静だった。

気味の悪い気配がする方向に向かって、ゆっくりと歩いていく。

「……おでましか」

しばらく森を進んだところで、周囲がやけに静かになったのを感じた。

魔物《モンスター》の気配も、動物の気配もない。

鳥のさえずりも、虫の這《は》いずる音も、木々のざわめきすらも消えて……ただ、静けさの中に気味の悪い存在感だけがへばりついている。

〝手負い《スカー》〟の時に感じたものとよく似ているが、こっちの方がさらに濃くて不快感が強い。

だが、これが〝淘汰《とうた》〟の一端が発する気配だというのは、理解できた。

「……ッ！」

薄暗い木々の奥から『それ』がこちらに向かってゆったりと歩いてくる。

隠れることもせず戦棍《メイス》を担ぎ上げる俺の前に、ゆっくりとそれが姿を現した。

「てめぇ、生きてたのかよ……ッ？」

うすら笑いで姿を現したアルバートに、さすがの俺も少しばかりたじろぐ。

人の形こそしているが、あまりにも歪《いびつ》でおぞましい気配を発しているこいつが人間だとは思えなかった。

「ようやく来てくれたんだね、ユルグ」

以前と変わらぬ声で俺の名を呼ぶアルバート。

「何者《ナニモン》だ、テメエ……！」

「さっき君が言った通り、アルバートだよ。僕は」

「あいつは死んだ。〝手負い《スカー》〟に喰《く》われてな」

「そうとも、僕は死んだ。君達のせいでね」

こちらを嘲笑《あざわら》うかのような歪《ゆが》んだ表情を浮かべながら、こちらを見るアルバート。

ああ、この感じ……調子に乗っている時のアルバートと同じ顔だ。気味が悪い。

死んだはずの人間が、どうしてこんなところにいる？

「神がさ、応えてくれたんだよ。僕に新しい命をくれた。力をくれた。権利をくれた」

「あん？」

「君達を殺しつくして、この世に君臨する権利さ」

「何言ってんだ、お前」

ぞわりとした殺気がアルバートから漂う。

これは、人から出る殺気ではない。

魔物《モンスター》や野生の獣が纏《まと》う、食欲を伴った殺気とも違う。

まったく異質な……この世の全てを否定して塗り潰そうとするような殺気だ。

「ねぇ、フィミアは？　フィミアはまだかなぁ。僕、彼女を待ってるんだけど」

「なんだと？」

「もう待てなくってさ、暇つぶしにキャンプを軽く壊してみたんだけど……ちゃんといっぱい死んでた？」

その言葉を聞いた瞬間、俺の中から冷静さが消え失《う》せた。

無言で踏み込み、戦棍《メイス》を叩きつける。

それを片手で受け止めて、アルバートがけたけたと嗤《わら》った。

「その様子だと、うまくいったみたいだね？　次はどこにしようか？　あの宿？　それとも教会？

ロロ・メルシアの家にする？」

「せっかく再会したんだ、そう邪険にするなよ。ああ、そうだ。ロロ・メルシアの家にしよう。こっちかな」

「もう、黙れ」

アルバートの頭部が歪に膨れ上がって、左目を肥大させる。

うっすらと青い燐光《りんこう》が集まって、狙いを定めるようにぐるりと顔を動かすアルバート。

本能的にまずいと感じた俺は、撥ね上げるようにして拳《こぶし》を顎《あご》にぶち込んだ。

「ッらぁ！」

「あっ」

音もなく放たれた光が森の一部を焼きながら、空へと消える。

ぎりぎり間に合ったようだが、左腕の一部がえぐれて吹き飛んだ。

繋《つな》がっちゃいるが、左腕はもう使い物になるまい。

「邪魔するなよ、ユルグ。ロロ・メルシアを殺して、フィミアを手に入れるんだ」

心底面倒くさそうな顔で、俺を見るアルバート。

「お前ってヤツは、本当にバカだな」

「君に言われたくないね」

顔をしかめるアルバート面のバケモノに、ニヤリと口角を上げてやる。

「フィミアはな、俺の女になったんだ」

「──は？」

思い付きのでまかせだったが、この挑発は有効であったらしい。

動揺したように顔を歪めるアルバートに向かって俺は続ける。

「柔らかだったぜ？　あいつの肌はよ。しかも、抱くといい声で啼《な》くんだ。お前にも聞かせてやりたかったくらいだ」

「な……なっ、なッ……!?」

狼狽《ろうばい》しながらも、殺気を増していくアルバート。

少しばかり下品な挑発だったが、バカにはこれぐらいでちょうどいい。

狙いが俺に向けば、後ろを気にせず殺《や》り合える。

「かかってこいよ、アルバート。今度は俺が、お前にきっちりと引導を渡してやる」

「ユルグ……！　貴様ァァァッ！」

唸《うな》るような声を上げながら、アルバートの身体が膨れ上がっていく。

服と肌と筋肉を裂きながら肥大していくアルバートから一歩下がって、俺は得物を握り直した。

「バケモノめ……！」

馬のような長い首を持ったおぞましい姿の獣。

その頭部に据えられたかつての仲間の頭が、人間の言葉を話している。

首から下は獅子《しし》。後ろ足は熊。いくつも枝分かれした蛇頭を持つ尾。

背には蜥蜴《とかげ》のような鋭い背ビレがずらりと並び、それは尾に近づくにつれて角のような突起になっている。

——こいつは、なんだ？


〝手負い《スカー》〟にどこか気配が似てはいるが、何もかもが違う。

人の頭が乗った合成獣《キマイラ》のようにも見えるが、こんな生物は見たことがない。

「お前、お前如《ごと》きの男が！　僕のものに触れるなんて！」

「お前のもんじゃ、ねぇだろうが！」

アルバート面をしたバケモノが、獅子の前足を横薙《よこな》ぎに振るう。

それをバックステップで軽く避《よ》けて、片腕で戦棍《メイス》をその前足に振り下ろした。

小さな悲鳴を上げて、バケモノが一歩下がった。

「……なんだ、痛みは感じるのか。ちょうどいい。今からとんでもなく痛くしてやる」

「僕は銀なる神に救われたんだ！　神の使いなんだ！　この世界のルールに囚《とら》われない、新たな支配者なんだ！」

「お前の素性なんて、知ったことかッ！」

踏み込みがてらに前蹴《まえげ》りを叩き込む。

首の付け根が大きくへこみ、骨がへし折れる感触が脚に伝わった……が、だらりとなったバケモノはすぐに持ち直した。

〝手負い《スカー》〟同様に、不死身《タフ》であるらしい。

神だろうが、支配者だろうが、〝淘汰〟だろうが関係ない。

開拓都市に手を出したんだ。それ相応の報いは覚悟してもらう。

「特別に痛くしてやるよ！」

戦棍《メイス》を振り上げて、跳ね上がる。

そして、全身のバネをフルに使ってアルバート面をした頭部に叩き込んだ。

頭蓋《ずがい》を粉々にした感触はあったが、手応えが足りない。

このバケモノが〝手負い《スカー》〟と同じ手合いだとすると、決定力に欠ける。

その証拠に、首から盛り上がるようにしてアルバートの頭部が再生されてしまった。

……〝手負い《スカー》〟の時よりも、さらにバケモノじみているらしい。

「無駄だよ、ユルグ。君じゃ、もう僕を殺せない。〝手負い《スカー》〟みたいには、いかないからな？」

「やってみなきゃわかんないだろッ！」

戦棍《メイス》を担ぎ上げようとする俺に、アルバートの左目から細い光線が放たれる。

まるで予備動作なしに発射されたそれは、反応できなかった俺の右足を貫き焼いた。

森を焼く威力ではないが、人を殺すには十分な威力。

しくじったな、これは。

「ぐ……！」

「なぶり殺してやるよ、ユルグ。僕のフィミアに触れた罰だ」

「はン、フラれた男がバケモノになった後まで未練がましいこった」

「なんだと、貴様ァ！」

激昂《げきこう》した様子で、俺を踏み潰《つぶ》すべく飛び上がるバケモノに、にやりと笑ってみせる。

相変わらず詰めが甘いんだよ、テメェは。

たかだか片腕片足を潰したくらいで、優位に立ったと思うなよ！

「だぁあああらぁああッ！」

残った左足を踏みしめ、跳ぶ。

利き腕さえ残ってりゃ、だいたいのことは暴力で解決できんだよ！

「ヒッ」

小さな悲鳴を上げたバケモノだったが、危険を感じるのが少し遅い。

やはり、アルバートの頭なんてものがついてるから考えが足りないのだろう。

〝淘汰〟だか神の使いだか知らんが、迂闊《うかつ》が過ぎる。

「ぼぁっ……が」

横っ腹に戦棍《メイス》を叩《たた》き込まれたバケモノが、臓腑《ぞうふ》を撒《ま》き散《ち》らしながら森の奥へと吹き飛んでいく。

追撃をかけたいが、右足が動かない現状ではいかんともしがたい。

だが、今度は少しばかりの手応えがあった。

「ハッ、やっと調子が出てきたぜ」

そう独《ひと》り言《ご》ちて、戦棍《メイス》を担ぎ直す。

少しばかり動かないところはあるが……まだまだ戦えるはずだ。

犠牲になった連中のことを思えば、無茶でも無理でもやってみせる。

そう決めて、一歩踏み出したところで木々の隙間から光が見えた。

森を焦がしながら迫るそれを、戦棍《メイス》を盾にしてなんとか防ぐ。

「くっ……！」

電撃を受けたような衝撃と共に吹き飛ばされて地面を転がった俺は、軽口を吐きつつも膝《ひざ》をついて起き上がる。

身体《からだ》に風穴があくことを回避はしたが……傍らに落ちた戦棍《メイス》は砕けてもう使い物になりそうになかった。

ここで得物を失うとは、少しばかりまずったな。

「ちっ、アルバートのくせにやってくれるぜ」

こちらに迫る地響きに、俺は立ち上がる。

腰には手斧《ちょうな》もあるし、手甲《てっこう》の突起は攻撃用だ。

まぁ、最悪……素手でも戦えはする。

まだ、行ける。やってみせる。諦《あきら》めるのは、死んだ時だけだ。

そう心を奮い立たせて、俺は再びバケモノと対峙《たいじ》する。

「許さないぞ！　ユルグ！」

えぐられた腹から、銀色の液体を垂れ流しながらアルバートの面ががなる。

「そりゃ、こっちのセリフだ……！　バケモンが」

「うるさい！　僕は支配者――『終末の獣』だぞ！」

叫ぶと同時にバケモノの首がパクリと左右に割けて、炎を吐き出す。

耐えてやる、と身構えた瞬間……ふわりと魔法の風が俺を包んで熱をやわらげた。

「ユルグ！　また無茶したね⁉」

「ロロ……！」

指先に魔法の光を宿した幼馴染《おさななじみ》が、小剣《ショートソード》を抜いて俺の前に出る。

その背中の頼もしさに、俺は少しばかりほっとしてしまった。

「まったく、ユルグは！　先行して勝手に戦いを始めないでっていつも言ってるでしょ？　後でお説教だからね！」

「まったくです。あなた、私の手駒としての自覚があるんですか？」

ひやりとしたものが背中から吹き抜けていって、バケモノの足を霜柱で包み込んでいく。

気が付けば、俺の背後には魔法使い《サラン》が立っていた。

「ロロ・メルシア……！　サラン……！」

凍り付きながら、アルバートがこちらを睨《にら》む。

憎悪と殺意のこもった目に、涼しい顔でサランがため息を吐《つ》いた。

「おや、どこかで見た顔ですね。今度はバケモノの日雇《アルバイト》いでも始めたんですか？」

「サラン、サラン……！　お前が、僕をハメたんだ！　利用するだけ利用して！」

霜を蹴散らしてこちらに向かってくるバケモノに、ロロが指を振る。

瞬間、アルバート面のバケモノがその場でつるりと足を滑らせて、叩きつけられるようにして派手に倒れた。

ロロの得意魔法である〈転倒《スネア》〉だ。

「させないよ、アルバート。仲間《みんな》に手出しするなら、ボクだって容赦はしない！」

「ロロ・メルシア……！　お前が、お前のせいだ！　何もかも、お前がッ！」

立ち上がり、吼《ほ》えるアルバート面のバケモノ。

タフなヤツだ。生きてる時に、このくらい根性があれば……いや、いまさらか。

今は、殺すべき敵だ。

「ユルグ、大丈夫？」

「ああ、どこもかしこもボロボロな上に、得物まで失《う》せたが……なに、まだまだやれる」

「大丈夫には聞こえないね」

ロロが小さく苦笑して、ふらついた俺の身体を支える。

親友の肩を借りるのは、久しぶりだ。

「サラン、どうする？　一時撤退？」

「いえ、その必要はなさそうです。――来ましたよ」

サランの言葉に応えるように、木々の間を抜けてくる音がする。

「ぐれぐれー！」

「少し遅れましたが……間に合いましたね」

純白の聖女が、俺の隣に降り立って小さく笑った。

その姿を見た瞬間、アルバートの顔が歓喜に歪《ゆが》む。

「フィミア！　フィミアが来てくれた！　僕のフィミア！」

「ユルグ、傷を見せてください。……ああ、これは手ひどくやられちゃいましたね」

狂喜乱舞といった様相のバケモノを無視して、フィミアが俺に触れる。

治癒の祈りが、傷ついた俺を包み癒やしてゆくのを見て、アルバート面の何某《なにがし》がピタリと動きを止めた。

「フィミア……？」

「どうですか、ユルグ？　まだ、痛みますか？」

「いや、問題ない。動きさえすりゃいいんだ」

「もう！　またそんなことを言って！」

腕をぐるりと回して笑う俺を、困り顔で見上げるフィミア。

そんなフィミアを、唖然《あぜん》とした顔で見るアルバートの面をしたバケモノ。

「〝淘汰《とうた》〟の気配がします。これが、そうですね」

「フィミア？　どうして僕を無視するんだい？　君のアルバートだよ？」

「言語性を獲得した混合型魔獣。〝手負い《スカー》〟よりもさらに厄介です」

連接棍《フレイル》を手に、きりりとした顔をする聖女。

それを見て、俺も気合を入れ直した。

アルバートの面が張り付いているからといって、これはアルバートではないのだ。

〝聖女〟であるフィミアには、それがはっきりわかってしまうのだろう。

「さて、仕切り直しだ……バケモノ」

「どうして、僕の思い通りにならないんだ……！　今も、あの日も！」

「お前がバカだからだよッ！」

左手に手斧を構えて、前方に踏み込む。

そんな俺に合わせて、ロロがやや後方を駆ける。

「先に仕掛けんぞッ！」

「わかった！　行って！」

一歩先んじる俺の斜め後ろで、ロロが小さく指を振るのが見えた。

〈必殺剣《クリティカル・ウエポン》〉に〈武器強化《エンチャント・ウエポン》〉、加えてバケモノの身体に〈束縛の鎖《チエーン・オブ・バインド》〉で発生させた魔法の鎖を巻き付ける。

たった一呼吸で三つの魔法とは、さすが俺の親友《ロロ》だ。

ならば俺も、俺の仕事をしなくては。

「おらぁッ！」

長い首に向けて手斧を叩き込み、怯《ひる》んだところで右ストレートを獅子《しし》の身体にぶち込む。

悲鳴を上げてたたらを踏むバケモノ。

そうして下がったアルバート面の頭部に、ロロが容赦なく小剣《ショートソード》を突き立てた。

「痛い……ッ！　痛い……！　僕が、僕が何したっていうんだ⁉」

「町の連中を殺しただろうが、テメェはぁッ！」

昔から自分勝手で他責的なところがあるヤツだった。

それでもそれなりにうまくやってこれたのは、いつも一線を越えなかったからだ。

だが、テメェは違う。

俺の故郷と、隣人になるはずだったヤツらを踏みにじったのだ。

そして、ロロやサランの夢も台無しにしようとしている。

万死に値するとは、まさにこのこと。

俺達の未来に、お前は不要だ。

不死身か何か知らないが、何千回でも何万回でも死ぬまで殺してやる。

「僕は、僕はただ……お前達を殺したいだけなのに！」

「お前が死ねッ！」

再生を始めたバケモノの巨体に、目一杯の力を込めた蹴《け》りをくれてやる。

低空を跳ねるように吹っ飛んだバケモノが、数本の木々をなぎ倒しながら悲鳴を上げる。

「ち、戦棍《いつもの》がねぇと、パッとしねぇな」

軽く肩で息をしながら、起き上がるバケモノを見やる。

足りない。あれを滅ぼしつくすための、力が足りない。

犠牲になったヤツらの仇《あだ》を討つために、あれを殺すための道具が手元にない。

あれが人選ミスの〝淘汰〟なら、俺も人選ミスの勇者だ。

聖遺物となるべき、勇者を表す武器を持たない。

頼みの得物はやっぱり普通の鉄の塊で、さっき砕けちまった。

こんなことなら、サランにおねだりして聖遺物の一本でも取り寄せてもらえばよかったか?

「精彩さを欠きますね、ユルグ」

立ち上がろうとしたアルバート面のバケモノにデカい氷塊を降らせながら、サランがちらりとこちらを見る。

俺に、早いところトドメを刺せという顔だ。

「あいにく俺は半端者《もん》の勇者でな。例の力もなんだか使えねぇ」

「あなたらしくもない。得意の暴力で早く何とかしてください」

「調子が出てきたら素手でもぶちのめしてやるさ」

サランの言葉に、小さく頷《うなず》いて俺は胸中に宿る『勇気の炎』を意識する。

そうだ。俺が勇者であるなら――あれをぶちのめす手段があるはず。

俺はともかく、フィミアは信じられる。

稀代《きたい》の〝聖女〟フィミア・レーカースが選んだ勇者なら、何とかできるはずだ。

「ユルグ」

俺の決意に呼応するかのように、フィミアが隣に立つ。

そして、そっと俺の手を取った。

「フィミア？」

「わたくしは、あなたに相応《ふさわ》しい聖女でしょうか」

少しだけ寂しそうにフィミアが笑う。

「こんなところで禅問答か？」

「答えてください、ユルグ。聖女が勇者を選ぶというのは、勇気が要ることなんですよ？　本当は」

真剣な瞳で俺を見るフィミア。

何を心配しているのか俺には理解しかねるが、答えなど決まっている。

「俺は勇者としてちと不足かもしれんが、お前は聖女だろう？」

「わたくしは、恐れています。あなたが、わたくしを拒むことを」

「拒む？　俺が？」

何を言っているのか、わからない。

俺なりにフィミアを大切に思っているつもりなのだが。

「わたくしは、聖女失格です。あなたを選びながら、あなたを信じきれていないのです」

「そうかよ。だけど、俺はお前を信じてるぜ」

軽く頭を撫《な》でてやって、笑ってやる。

何を不安に思っているのか知らないが、俺の答えなんて最初から決まっている。

「大丈夫だ、フィミア。俺を信じろ。お前が勇者に選んだ男は、やると言ったら必ずやる男だ」

少し驚いた顔をしたフィミアが、ふわりと笑う。

そして、ただ静かに頷いて、俺の手を自らの胸に引き寄せた。

「お、おい……」

「ユルグ、受け取ってください。今よりわたくしの全てが、あなたのものです」

目を閉じるフィミアの胸――心臓のある場所から、白光が溢《あふ》れ出す。

まばゆい輝きの中から、静かに、そしてゆっくりと俺の手に向かって何かが現れた。

本能的に、それを掴《つか》む。

掴んだ瞬間、そこにあるモノが自分のものだと理解できた。

フィミアも、これも……俺のためにあるのだと、誤解のような事実が理解できてしまった。

「ああ、確かに。受け取った」

フィミアの胸からそれを引き抜く。

ずしりとしつつも、手に馴染《なじ》む感触。

壊れちまった戦棍《あいぼう》と似てはいるが、こいつはもっと凶暴だ。


――艶《つや》のない、真っ黒で大型の戦槌《ウオーハンマー》。


剣でも、槍《やり》でもない。

俺の知る聖遺物とはまるで違う得物だが……なるほど、これはいい。

まさに俺におあつらえ向きの武器だ。

「聖剣とは、こうして生まれるのですか……⁉　ああ——それで。それで、聖女が勇者を選ぶのですね。自らを委ねるべき、相手を……！」

サランが目を見開いて、俺の持つ漆黒の戦槌《ウォーハンマー》を見る。

それに、フィミアが小さく頷いて応えた。

「聖女とは、選定者にして聖剣の鞘《さや》。その全てを勇者に捧《ささ》げるべき贄《にえ》なのです」

「バカ言うな。自分を道具か何かみたいに言うんじゃねぇよ」

「ユルグ、わたくしは……」

「お前はフィミア・レーカース。『メルシア』のメンバーで、俺の仲間で、友人だ」

よろつくフィミアの腰をそっと支えて、前方を見据える。

サランとロロの攻撃に、抑え込まれていたバケモノが咆哮《ほうこう》を上げて圧を増してきていた。

「待たせたな、ロロ！　ここからは、俺に任せろ。今からそいつを——ぶち殺す」

「やっと真打の登場、だね。それじゃあ、いつも通りに行くよ！」

跳び退《すさ》りながら、すれ違いざまにロロが俺に強化魔法を次々と施す。

それを浴びながら、俺は大きく息を吸い込んで一歩ずつ前に進んでいった。

あのバケモノを終わらせるために。

「では、私もいつも通りに殺す気でサポートしましょうか」

「防護魔法は任せてください、ユルグ！」

サランとフィミアの言葉に背中を押されながら、俺は漆黒の戦槌《ウォーハンマー》を担ぎ上げて一気に駆け出す。

「おおおおおおおッ‼」

戦叫《ウォークライ》を上げながら、俺は自分の中にある『力』を一気に解き放った。

「僕は、僕は……ッ！」

「うるせぇ、死ね！」

迫る多頭蛇の尾を薙《な》ぎ払《はら》って、バケモノの懐に踏み込む。

そんな俺を叩《たた》き潰《つぶ》そうと振り下ろした前足を、ロロの鎖が縛って止めた。

同時に、赤い稲妻が俺の直近を横切って、バケモノの腹を焼き切る。

サランのヤツ、相変わらずひでぇ魔法の使い方をしやがる。

俺に当たったら、どうするんだ……と思うが、当たったためしがないので文句も言えない。

だが、アシストとしては悪くねぇ。

「ロロ・メルシア！　サラン！　僕の邪魔をするな！　僕は、僕は――ひっ」

わめくアルバート面のバケモノが、俺を見て恐怖に顔を歪《ゆが》める。

ああ、やっぱり〝淘汰《とうた》〟とやらはバカだ。いくら何でも凡ミスが過ぎる。

こんな情けないヤツの頭を据え付けて、世界を滅ぼそうだなんて。

こんなバカの頭を据えたばっかりに、俺の怒りを買って。

こんなクズのために、〝淘汰〟は失敗する。

身体《からだ》の奥底から溢れ出る力を、全身に漲《みなぎ》らせる。

ああ、わかる。この『力』の使い方が。

漆黒の戦槌《ウォーハンマー》が、俺に囁《ささや》くのだ。

――「壊せ」と。


これは、埒外《らちがい》の力なのだ。

おそらく、〝淘汰〟のような、この世界に在らざる場所にある何か。

そこから、無理やりにエネルギーを引き出して揮《ふる》うための仕組みだ。

俺の頭が悪くても、感覚的にわかってしまう。

なるほど、『神様』とかいう得体の知れない何某《なにがし》は……そういう者か。

「ふンッ！」

戦槌《ウォーハンマー》を力任せにバケモノに振るう。

肉を打つ感触、骨を砕く感触、内臓が圧壊する感触……『壊した』手応えが何もかも手に取るようにわかった。

そして、もっと本質的なことも。

「ユルグッ！　お前はァ！」

やぶれかぶれの一撃を俺に向けるアルバート。

それを跳躍して、避ける。

「もう、人間のふりすんな……バケモノが！」

「お前も、一緒だろうッ！」

アルバートの足りない頭部がついてるくせに賢いじゃないか。

そうとも、同じだ。お前と俺は。

『神威』を揮うための入れ物。つまり、〝淘汰〟の形に過ぎない。

だが、俺とアイツの間には、埋められない決定的な差がある。

つまり、だ——俺の方が圧倒的に強い！

「行くぞおらァッ！」

短く気合を入れて、全力で戦槌《ウォーハンマー》を担ぎ上げて駆ける。

「死ね……！　死ね死ねしねえぇぇぇぇぇぇーー！」

ひどく取り乱した様子で、身体を震わせるバケモノ。

しかし、俺は得物に力を込めてただ、突っ込む。

お前の炎も、破壊の光も、鋭い爪も……何もかも、全て無駄だ。

忘れたのか？　アルバート。

俺達の仲間は、強い。

「やらせないよ！」

ロロの放った魔法のベールが炎をかき消す。

「やれやれ、ワンパターンですね。禁止です」

サランの反対魔法が破壊の光を打ち消す。

「信じてますよ、ユルグ……！」

フィミアが放った幾重もの防護魔法が爪を、蛇の牙《きば》を受け止める。

仲間達に守られて踏み込む俺に、アルバートの顔が恐怖に歪んだ。

「――いやだ、たすけて！」

「ダメだ。死ね」

真正面から、漆黒の戦槌《ウオーハンマー》を振り下ろす。

打撃と衝撃波がバケモノの身体を木っ端みじんに吹き飛ばし、銀色の液体を木々に飛び散らせた。

文字通りに、芯を捉えた。

もう、再生することもできまい。

「あ――……が、ぁ」

上空から降ってきたアルバートの頭が、地面に激突してごろりと転がる。

こんな時までしぶといことだ。

せめて、この瞬間に死んでいれば幸せだったものを。

「僕は……僕はさ！　ただ――」

「もういい、アルバート。もう、いいんだ」

銀色に硬質化していく、アルバートの頭部。

まがい物とわかっていても、気分のいいものではない。

「じゃあな、リーダー。次に生まれ変わったら、また冒険しようぜ」

戦槌《ウォーハンマー》を振り下ろして、アルバートの頭部であったものを壊す。

壊さねばならない。これが〝淘汰〟の一端である限り。

「終わったの、かな？」

ロロの言葉に、俺は首を振る。

「いいや、どうやらまだ終わらんらしい……！」

俺が言い終わると同時に、森に散らばった銀の液体が、破片が、一ヶ所に集まってくる。

それは幾何学的な模様を描きながら、まるで組木細工のように一つの形へと組み上がりながら耳障りな音を立てた。

「なんだってんだ、コイツはよ！」

底知れない気味の悪さに叫ぶ俺の前で、それは突如として森の奥へと姿を消した。

まるで、砂漠で見た『逃げ水』のように。

「……消えた？」

「消えましたね」

身構えていたロロとサランが小さく息を吐き出して警戒を解く。

「くそ、ああ、疲れた。これじゃあ、アレを追うのもままならんぞ」

どさりと座り込む俺に、フィミアが駆け寄ってくる。

「今は、帰還しましょう。ひどい怪我《けが》だったんです。休息が必要ですよ」

「いや、しかしだな……」

「ひとまずの危機は去ったと考えてもいいはずです。一度戻りましょう」

俺の肩を軽く叩いて、サランがそう口にする。

何も解決していないことがわかっていても、撤退せざるを得ないという判断なのだろう。

サランがそう判断したなら、俺も従うしかない。

「……」

銀色の何かが消えた先――薄暗くにじむ森の奥を睨《にら》みつけながら、俺は小さく息を吐き出す。

得体の知れない悪い予感が、胸の中で燻《くす》ぶってずっと消えない気がした。

エピローグ

深部拠点の修復が始まって一ヶ月。

犠牲者も多かったが、開拓都市の者達は強《したた》かだった。

追加の人員が来るなり、すぐさま急ピッチで修繕と強化、加えて発展作業が進められもうすぐ完成というところまできている。

というのも、この場所が短期間で二度も〝淘汰〟の危機に晒《さら》されたというのは、はるか遠くにおわす王国上層部の歴々にとってもかなり頭の痛い話だったようで、『次』に備える必要が出てきたからだ。

かく言う俺も、次が起きないとは断言できないので毎日忙しくしている。

この地で起きた〝淘汰〟については一応の解決を見た。

かなり無茶をしたが、無理でなければおよそ押し通すのが、俺達冒険者という生き物だ。

今後も何とかする……が、どうにもすっきりしない。

未踏破地域——森に消えたあの銀色のアレが何だったのか。もう一度深部まで踏み込んでアレを探すべきだと俺の勘が告げている。

「考え事ですか？　マスター」

「わかってるなら、そっとしておいてくれ――カティ」

「冷たくないですかね⁉」

俺の答えに、少し眉《まゆ》を吊《つ》り上《あ》げる受付嬢。

その姿にほっとしつつ、いまだに、少しばかりの気恥ずかしさと気まずさがあることを自覚する。

「もうちょっと優しくしてくださいよ」

「今のは俺が悪かった。ちょっと気になることがあってな」

「あんまりいい顔色してませんよ？」

つかつかとこちらへ歩いてきたカティが、俺の額に触れる。

「んー……熱はなさそうですけど。ストレスですかね？」

少し首を傾《かし》げたカティが、そのまま流れるように俺を抱擁する。

「仕事中だぞ、グリンベル事務局長」

「仕事が終わったらいいんですか？」

「そういう話じゃねぇんだがな……」

「じゃあ、いいじゃないですか！」

めげない様子のカティを抱き寄せて、柔らかな温《ぬく》もりを確かめる。

「もしかして、少しからかいすぎました？」

驚いた様子で俺を見るカティに、小さく笑って返す。

「そのうちひどい目に遭わせてやるからな？　覚悟しとけよ」

「期待して待ってます。さて、ユルグさん成分も補給したことですし……仕事してきまっす！」

どこかご機嫌な様子のカティが、ひらひらと手を振って部屋を出ていく。

その背中を見送って、俺はテーブルに広げられた書類を軽く整えて席を立つ。

「うーむ……」

これは相談が必要な案件だ。

仕方ない。様子見がてら、サランのところに行くとしよう。

◆

「どうしました？　ユルグ」

「これはまた悲惨な有様だな、おい」

「あなたも加わっていいんですよ？」

サランがそんなことを口にするあたり、相当切羽詰まってんだな。

まぁ、この執務室を見ればそう言いたくなるのもわかる。

書類の山、書簡の山。そして、意識を失った文官の山ができている。

ちゃんと仕分けられているのが、サランらしいが。

「有事防衛計画書と避難計画書、今期の探索指標リストの相談に来たんだが……出直した方がよさそうだな」

「喫緊でなければ、明後日以降にしていただけると助かりますね」

書類に何やら書き留めながら、ちらりとこちらを見るサラン。

頬《そ》が削げて、顔色が悪い。

こりゃ、しばらくするとこいつも倒れた文官の仲間入りだな。

「サラン、持ってきたよー……って、ユルグ？」

「おう、ロロ。お前はこっちの手伝いか？」

「うん。サランったらひどいんだよ？　強化魔法で事務員さん達の思考速度を上げろだなんて」

ああ、なるほど。慣れない人間を強化魔法で無理やり働かせれば、こうもなる。

「ついてこられない彼らが悪いのです」

「おい、〝人でなし〟。もう少し考えてやれよ。逃げられちまうぞ」

「大丈夫です。いずれも家督を継げない次男坊、三男坊です。この開拓都市で一旗揚げようという野望は、冒険者と変わりませんよ」

「……なら、仕方ねぇか」

そのように言われてしまえば、納得するしかない。

自己責任は冒険者の基本だ。まぁ、死なない程度に頑張ってもらおう。

「お前は休めてんのか？」

「もちろん」

「サラン、嘘はいけないよ？」

「動けている内は、大丈夫ということです」

こいつ、何も反省してねぇな。

だがまぁ……今がこいつにとっての踏ん張りどころで、一番楽しい時期だというのはわかる。

国から莫大《ばくだい》な開発資金と溢《あふ》れる人員が手配され、大規模な事業がいくつも動いているのだ。

サラン曰《いわ》く「計画を二十年は前倒しにできます。生きている間に『大陸横断鉄道』が通るかもしれませんよ」とのことで、マルハスの様相は大きく変わりつつある。

それは村の名残を残す旧市街も同じくで、ロロの実家も、村長の家も取り壊されることになった。

『開拓都市』の玄関口として整備されることとなったのだ。

少しばかりの反対もあったが、最終的に村人全員が変化を受け入れることに合意した。

そも、ここが開拓都市となる時に「全てを捨ててもらう」なんて言われていたのが、効いていたのかもしれない。

「冒険者ギルドで、事務に強い冒険者を募集しといてやる。使い走りと掃除くらいはできんだろ」

「その発想はなかったですね。よろしくお願いしますよ、ユルグ」

「だから、お前はちょっと休め。ロロ、こいつが次に生意気言ったら眠らせて縛り上げろ」

「そうするよ」

「な……！」

俺達の言葉に、サランが小さくたじろぐ。

なかなか人間らしい反応をするようになったじゃないか。

「自分のことは自分でできます。手駒らしく、私の指示で動いてください」

「そう言うなら、ちゃんと手駒《おれら》を安心させろ――〝指し手〟サラン・ゾラーク」

俺の言葉に、口角を小さく吊り上げるサラン。

「わかっていますよ。少ししたら、あなた方にも仕事がありますからね。覚悟してください」

「厄介事じゃねぇだろうな」

「もちろん、厄介事です」

思わぬサランの反撃に、俺達は顔を見合わせて苦笑するしかなかった。


～fin～

あとがき

皆様、はじめまして。右薙光介《うなぎこうすけ》と申します。

この度は『国選パーティを抜けた俺は、やがて辺境で勇者となる～〝悪たれ〟やり直し英雄譚～』を手に取っていただきまして、誠にありがとうございます。

本作は『第9回カクヨムＷｅｂ小説コンテスト』にて異世界ファンタジー部門大賞に選んでいただき、書籍化と相成りました。

作家を志して長らく、こうした賞に選ばれることは目標でしたので、大変嬉《うれ》しく、ありがたいお話です。


さて、本作はいかがでしたでしょうか？


本作は、若かりし頃の自分が描きたかった所謂《いわゆる》『本格的なファンタジー』を、ライトノベル作家となった現在の自分が描くならば……といった風情で執筆を始めた作品です。

そのため、本作はビデオゲーム的な要素を極力排除していますし、昨今のファンタジー・ライトノベル作品で人気を博すような派手さもありません。

主人公にしたって、頑丈さと腕力が取り柄の粗野な男で、得物だってかっこいいロングソードではなく鈍器です。

この映えなさこそがファンタジー的なリアリティだと言わんばかりの本作は、旧《ふる》き良き本格ファンタジーの設定を踏襲しつつ、現代ならではの要素をいくつかチョイスして、そしてライトノベル作家としての創作技術を応用して『誰でも読みやすい本格ファンタジー』を目指して書きました。

その甲斐《かい》あってか、カクヨムではたくさんの方に読んでいただくことができ、結果としてカクヨムコンにて受賞し、こうして書籍として出版することができました。

ええ、若い頃の自分を供養しているような心境ですね。

なにせ、若い頃の右薙光介というのは別なペンネームで活動するアマチュア作家だったわけですが、とにかく面倒くさいヤツでした。

「日本のファンタジーは堕落している！」だとか「俺の作品がわからないなんて出版社はわかってない！」みたいなことを恥ずかしげもなく言いながら、小難しいだけの表現や迂遠《うえん》な言葉まわしをして『自分はできるヤツ』だって思い込んでいた青くさいバカだったんですよ。

そんな彼が年嵩《としかさ》を経てプロとなり、かつての自分を振り返って書いた作品が本作なんです。

あの頃に書いていたものとは設定も内容も登場人物もまるで違いますが、それでも本作はかつて私が目指していた『本格ファンタジー』を土壌にして芽を出した作品であり、それがこうして花開いたことに救われています。

長々と自分語りをしてしまいましたが、皆さんは本作を楽しんでいただけましたでしょうか。

そうであれば、とても嬉しいです。

最後になりましたが、お世話になった皆様に謝辞を。

イラストレーター輝竜《きりゅう》司《つかさ》先生。大変素敵な表紙と挿絵をありがとうございます。どのキャラも魅力的に描いていただき、最高でした。とくにグレグレのかわいさが作者の想像を超えていました。

ＫＡＤＯＫＡＷＡ様。この度は出版の機会をいただきまして、誠にありがとうございます。御社でお仕事をするのは、アマチュア時代からの憧《あこが》れでした。夢が一つ叶《かな》ってとても嬉しいです。

担当編集様。受賞時にいただいた熱いメッセージに励まされ、書籍化作業時に励まされ、素早いレスポンスとアドバイスに励まされと、何かにつけて励まされておりました。ありがとうございます。どうぞ、今後ともよろしくお願いいたします。

本作の編集・営業・販売に携わってくださった皆様。ありがとうございます。皆様のおかげで、本書を読者にお届けすることができました。

最後に、本書を手に取ってくださった皆様。

幾多ある書籍の中から本書を選んでくださったことに、心からの「ありがとう」を。

では、いずれまた。第二巻でお会いできることを願って。

２０２４年11月　右薙光介

お便りはこちらまで

〒 102－8177
カドカワBOOKS編集部　気付
右薙光介（様）宛
輝竜司（様）宛

カドカワBOOKS

国選《こくせん》パーティを抜《ぬ》けた俺《おれ》は、やがて辺境《へんきょう》で勇者《ゆうしゃ》となる
～“悪《あく》たれ”やり直《なお》し英雄譚《えいゆうたん》～

2025年1月10日　初版発行

著者／右薙光介《うなぎこうすけ》

発行者／山下直久

発行／株式会社KADOKAWA

〒102-8177
東京都千代田区富士見2-13-3
電話／0570-002-301（ナビダイヤル）

編集／カドカワBOOKS編集部

印刷所／大日本印刷

製本所／大日本印刷

●お問い合わせ
https://www.kadokawa.co.jp/（「お問い合わせ」へお進みください）
※内容によっては、お答えできない場合があります。
※サポートは日本国内のみとさせていただきます。
※Japanese text only

Printed in Japan
ISBN 978-4-04-075755-1 C0093

新文芸宣言

かつて「知」と「美」は特権階級の所有物でした。

15世紀、グーテンベルクが発明した活版印刷技術は、特権階級から「知」と「美」を解放し、ルネサンスや宗教改革を導きました。市民革命や産業革命も、大衆に「知」と「美」が広まらなければ起こりえませんでした。人間は、本を読むことにより、自由と平等を獲得していったのです。

21世紀、インターネット技術により、第二の「知」と「美」の解放が起こりました。一部の選ばれた才能を持つ者だけが文章や絵、映像を発表できる時代は終わり、誰もがネット上で自己表現を出来る時代がやってきました。

UGC（ユーザージェネレイテッドコンテンツ）の波は、今世界を席巻しています。UGCから生まれた小説は、一般大衆からの批評を取り込みながら内容を充実させて行きます。受け手と送り手の情報の交換によって、UGCは量的な評価を獲得し、爆発的にその数を増やしているのです。

こうしたUGCから生まれた小説群を、私たちは「新文芸」と名付けました。

新文芸は、インターネットによる新しい「知」と「美」の形です。

2015年10月10日
井上伸一郎

隠していたはずの「幻獣」を蹴散らす
最強の力で――
美人幼馴染と再会!?

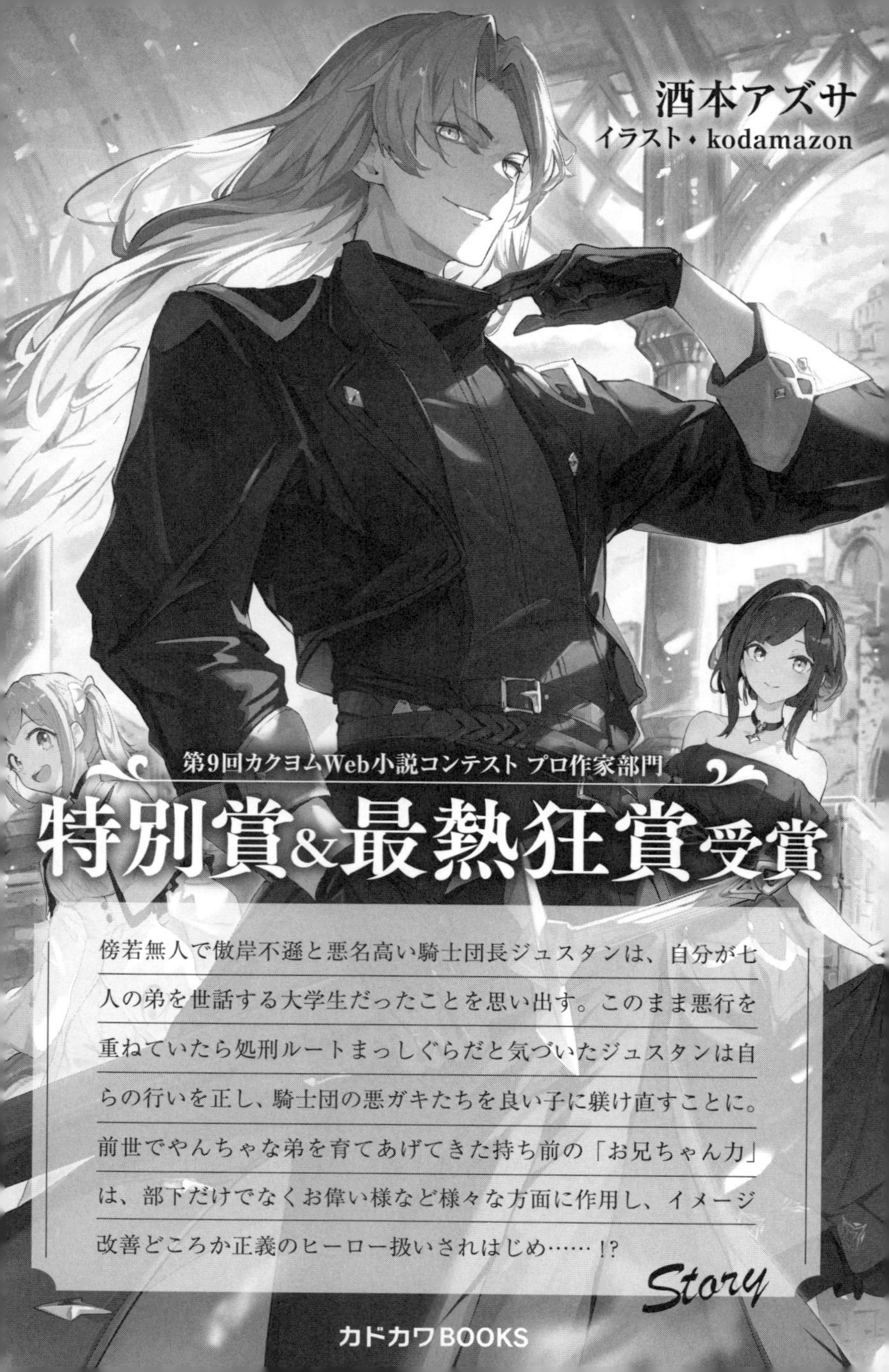

酒本アズサ
イラスト◆kodamazon
第9回カクヨムWeb小説コンテスト プロ作家部門
特別賞&最熱狂賞受賞
傍若無人で傲岸不遜と悪名高い騎士団長ジュスタンは、自分が七人の弟を世話する大学生だったことを思い出す。このまま悪行を重ねていたら処刑ルートまっしぐらだと気づいたジュスタンは自らの行いを正し、騎士団の悪ガキたちを良い子に躾け直すことに。前世でやんちゃな弟を育てあげてきた持ち前の「お兄ちゃん力」は、部下だけでなくお偉い様など様々な方面に作用し、イメージ改善どころか正義のヒーロー扱いされはじめ……!?
Story
カドカワBOOKS

俺、悪役騎士団長に転生する。
8人兄弟の長男である
スーパーお兄ちゃんが、
横暴で傲慢な
悪役騎士団長に転生!?
部下の
躾《しつけ》をしたり
手作り料理で
餌付けしたり
前世の
「お兄ちゃん力」で
処刑フラグを
回避せよ――!!!

少年がその異形を
駆るとき——
人類が世界を
取り戻す戦いが始まる。
シリーズ
好評発売中！

極東救世主伝説

KYOKUTO
KYUSEISYU
DENSETSU

AUTHOR ▶ 仏ょも

ILLUSTRATOR ▶ 黒銀

第二次世界大戦末期に行われた悪魔召喚の儀によって、世界の在り様は一変した。それから一〇〇年。世界の支配者となった悪魔に対し、人類は魔装機体を生み出し抗っていた。

そんな中、「異なる現代」の記憶を持つ少年・川上啓太は入学した軍学校で、誰も起動すらさせられなかった試作機との適合に成功する。いきなり戦場に派遣された彼は、前世の知識を活かして、今までの常識を覆す戦果を示してしまう。——それは、人類が世界を取り戻す戦いの始まりだった。

STORY

カドカワBOOKS

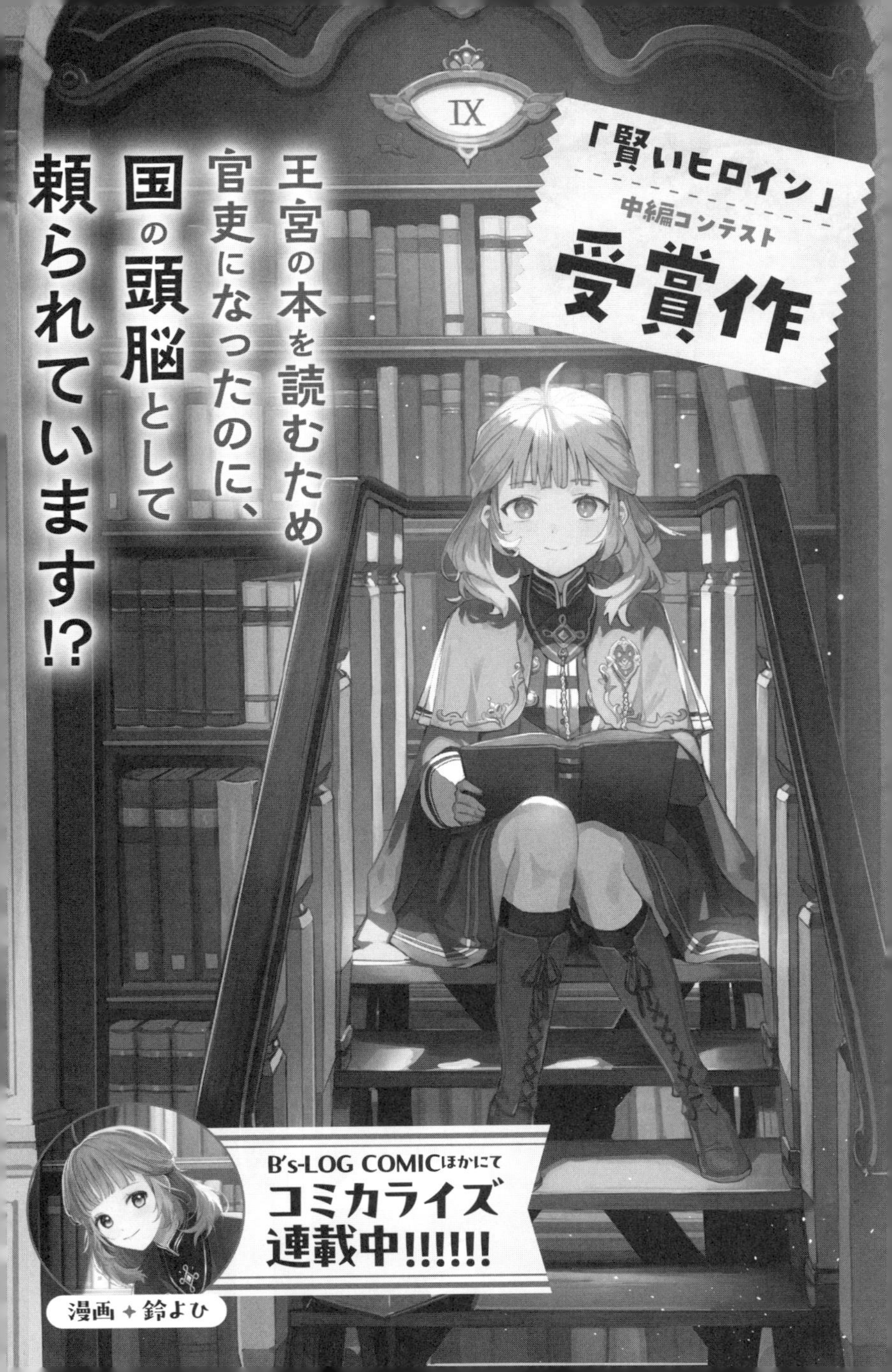

王宮の本を読むため
官吏になったのに、
国の頭脳として
頼られています!?
「賢いヒロイン」
中編コンテスト
受賞作
IX
B's-LOG COMICほかにて
コミカライズ
連載中!!!!!!
漫画 ✦ 鈴よひ